脚本：大北はるか
ノベライズ：蒔田陽平

大奥
（上）

JN118461

扶桑社文庫
0812

本書はドラマ『大奥』のシナリオをもとに小説化したものです。

小説化にあたり、内容には若干の変更と創作が加えられておりますことをご了承ください。

なお、この物語はフィクションであり、実在の人物・団体とは無関係です。

さまざまな人間の思惑、嫉妬、憎悪、悲哀が渦巻く
〝女の社会の縮図＝大奥〟で、
たった一つの愛を得ようともがく女たちの物語……。

1

鏡のような水面《みなも》の上を滑るようにトンボが飛んでくる。わき目も振らず、ただただ真っすぐ。透明な羽が日の光を反射し、七色に輝く。

池のほとりに立った少女が魅入《みい》られたようにトンボを見つめる。トンボは少女の目の前で反転し、向こう岸へと戻っていく。やはり、線を引くように真っすぐに。

十往復くらいしたあと、トンボは水辺の葦《よし》の先に止まった。音を立てないようにそろそろと少女が近寄っていく。

ゆっくりと少女がトンボに手を伸ばす。が、気配を感じたのか、トンボは少女の指先をかすめるように空へと飛び立っていく。

「あ……」

少女は青い空に吸い込まれるように消えていったトンボを、目を細めて見送った。

十歳のその少女、五十宮倫子《いそのみやともこ》が故郷の京都を離れ、徳川家の別邸であるここ浜御殿《はまごてん》で暮らすようになってまだ間もない。前年の寛延《かんえん》元年（一七四八年）に第九代将軍・家重《いえしげ》の世子、家治《いえはる》との縁組が決まり、この春、江戸へとやってきたのだ。

「倫子殿」

声に振り向くと、三《み》つ葉《ば》葵《あおい》の家紋《かもん》の入った羽織を着た同い年くらいの少年がこちらに向かって歩いてくる。

少年は倫子のそばに歩み寄ると、「捕らえたぞ」と誇らしげに手のひらを広げた。手の中でトンボが弱々しく足を動かしている。よく見ると、片方の羽がもがれていた。

「どうして羽がないの？」

訊ねる倫子に少年は言った。

「わしがむしってやった」

「!?……」

「これでどこにも逃げられぬ。そなたのそばにずっとおるぞ」

邪気《じゃき》もなくそう言い放ち、少年はトンボを載せた手を倫子へと差し出す。えもいわれぬ恐怖を感じ、倫子はその手から顔を背けた。

※

それから幾年かの月日が経った。度重なる天変地異や凶作、疫病の蔓延により、幕府経済は悪化の一途をたどり、民に課せられる税は増すばかり。質素・倹約・勤労の日々を強いられ、我慢の限界を迎えた民による暴動が江戸の町の平和を脅かしていた。

人々は待ち望んでいた。この貧しい世に光を灯し、暮らしを豊かにしてくれる将軍の登場を。

しかし、現実は……。


大奥の御小座敷《おこざしき》で家重が杯《さかずき》を手に下級女中をはべらせている。赤ら顔を女中に寄せ、酒臭い息を吐きながら訊ねる。

「その方《ほう》、名はなんと申す？」

身を縮ませながら女中が返す。

「きぬにございます」

「ほぉ、きぬか。道理で肌が、きめ細やかかやの～」

家重がきぬの手をとり、撫ではじめる。その手が袖口からさらに奥へと向かおうとしたとき、襖《ふすま》が開き、御年寄《おとしより》の高岳《たかおか》が入ってきた。

「上様、なりませぬ！　これより総触《そうぶ》れの刻限《こくげん》にございま――」

「うるさいの～」と鬱陶《うっとう》しげに家重がさえぎる。「黙っておれ！」

「！」

「きぬ～。わしと一緒に風呂にでも入らぬか？」

あきれる高岳の背後で、もうひとりの御年寄の松島《まつしま》が冷めた目で家重を見つめている。

浜御殿の池に設《しつら》えられた見物台の上で、倫子は手にした短冊をにらみつけていた。しかし、どんなに見つめたところで自然に歌が浮かび上がるわけもなく、右手の筆はぴくりとも動かず、眉間のしわが深くなるばかり。

うんうんと唸っていると、「倫子様」とお付きの女中・お品《しな》がやってきた。

「お出来になりましたか？」

「ん～……」

苦悶《くもん》の表情を浮かべる倫子にお品はあきれた。

「公家の姫たるもの、和歌の一つや二つ、するりするりとお詠《よ》みになれないと、恥をかきます」

「するりするりとな～」

他人事のように倫子はつぶやく。琴を奏《かな》でるのは好きだが、歌を詠むのは苦手なのだ。

ため息をつきながらふたたび短冊を見つめたとき、屋敷のほうから女官の声がした。

「倫子様。お客様がおいでです」

「お客様？……」

「もしや……」

お品と見合わせた倫子の顔が輝いていく。

浜御殿を出ると、石段の下に久我信通《こがのぶみち》が頭を垂れて待っていた。公家である久我家の人間で、倫子とは幼き頃より親交があった。

「信通様！　顔をお上げください」

頭を上げた信通と目が合い、倫子の顔に笑みがこぼれる。


美しい庭園を並んで歩きながら、信通は倫子に訊ねた。

「準備はどうだ？」

「滞りなく、進んでおります」

「そうか」

わずかな沈黙のあと、信通は明るく言った。「しかし、いまだに信じられぬな。あのお転婆娘《てんばむすめ》の倫子様が、いよいよ明日、将軍様に嫁《とつ》がれるとは」

「私もいまだに信じられません。なぜ、私だったのでしょうか……。突然、家族と離れて京から江戸に……」

倫子は、寂しさと不安で涙に暮れながら駕籠《かご》に揺られていたことを思い出す。それだけが頼りかのように手の中の方位磁石《ほういじしゃく》を握りしめて。

「でも信通様だけは、こうしてはるばる何度も会いにきてくださって……感謝しております」と倫子は小さく頭を下げる。

「私とそなたは幼なじみだからな」

照れ隠しに素っ気なく言う信通に倫子は微笑む。

「それで……実はな、そなたに……」

いつの間にか倫子は東屋《あずまや》の縁台に腰かけていた。巾着から方位磁石を取り出し、信通に見せる。隣に腰かけた信通に、倫子は言った。

「覚えていますか？　京を発つとき、信通様がくださったものです。ここに暮らしている間、ずっと私のよすがでした」

手のひらの方位磁石を大事そうに見つめる倫子の姿に、信通は拳を握りしめる。言いかけた言葉の続きはどうしても言えず、ただ想いを伝えた。

「……これからも、寂しくなったら西を見ろ。変わらず、私がいる」

「！」

「どんなに離れていても、そなたの……一番の味方だ」

その言葉に、倫子の心中に押さえつけていた感情があふれていく。すがるように信通を見つめ、言った。

「……もう、お会いできひんのやろか」

「……」

「私は、信通様と……」

皆まで言わせず、信通は倫子を抱きしめた。

倫子の頬を涙がつたっていく。


その頃、江戸城の中奥の一室で御年寄の松島がとある幕臣と向き合っていた。

「公家からの御輿入《おこしい》れか……しょせんは幕府の威光を諸大名に示すためのお飾り正室《せいしつ》。我らの手で飼い殺すのがよかろう」

煙管《きせる》を吹かし、にやりと笑む。

幕臣は色褪せた古い扇子でさりげなく煙を払う。扇子に描かれているのは寶《たから》の文字を帆に描いた舟の模様。江戸四座の一つ、山村座《やまむらざ》の定紋である。

※

「さすがは家治様！　婚儀のお祝いが次々に！」

大奥、長局の一室に次々と運び込まれてくる献上品を、年齢も体型もバラバラな三人の女中たちが目を輝かせながら吟味している。御祐筆《ごゆうひつ》の昭島《あきしま》と御次《おつぎ》のお平《ひら》、そして表使《おもてづかい》のお玲《れい》である。

御祐筆は公文書の管理と献上品の検《あらた》め、御次は御膳や道具の運搬、表使は物資の調達がその仕事であるゆえ、この場にいるのも当然といえば当然なのではあるが、そもそもこの三人、下世話な噂話が大好きというよく似た気性を持ち、仕事の垣根を越えて常日頃から仲がいいのだ。

「家治様といえば、あの八代将軍・吉宗《よしむね》公が世継ぎとして直々に英才教育なさったとか？」とお平が言うや、「そうよ」と昭島が大きくうなずいてみせる。

「頭脳明断、文武両道。おまけに眉目秀麗《びもくしゅうれい》とのお噂」

「三拍子、すべて揃っておいでではありませんか！」とお玲が声を高くする。

「早くあの鼻の下の伸びきった父上に代わって、将軍になっていただきたいものです」

ささやく昭島に、「まことですねー」と相槌《あいづち》を打ちながら、お平は献上品の菓子に手を伸ばす。

「美味にございます～」

「あ、勝手に！」とお玲がにらむも、「毒見よ、毒見」とお平はまるで気にしない。さらにもう一つ口に放り、昭島に訊ねる。

「それより、家治様のお相手はどんな方なのでしょう？」

いくばくかの嫉妬を含みつつ、昭島は答えた。

「公家出身の姫様とのこと。それはそれは気品あふれる高貴なお方なのでしょう」

その高貴なお方は三の丸の自室でだらしなく脇息《きょうそく》に半身を預けていた。今日の婚儀《こんぎ》のために京から江戸へと下り、幾年もかけて準備をしてきたというのに、いざ本番を迎えるとため息しか出ない。

「倫子様！　早くお仕度しないと婚儀に間に合いません」

まるでやる気のない倫子を、お品が目を三角にして急《せ》かす。

「婚儀なぁ……」

「大丈夫にございます。お相手の家治様は次期将軍になられるお方。きっと、素敵な方に決まっています」

知りもせぬのに太鼓判を押すお品に向かって、倫子は不安げに口を開く。

「……ずっと前に一度だけお会いしたことがあるが……」

江戸に下ってすぐ、婚約の儀が行われた。そこで初めて会った家治は一つ上とは思えぬほど大人びた少年で、血の通っていないような冷ややかな目が恐ろしく、倫子はすぐに目を逸《そ》らしてしまった。

「……冷たく、蛇のような目をしていた……」

あの目を思い出し、倫子の不安はさらに大きくなっていく。

「失礼つかまつります」

ふいに襖《ふすま》が開き、銀鼠《ぎんねず》の地色に金箔の花々を散りばめた打掛姿の三十路女が現れた。

戸惑う倫子に平伏し、落ち着いた声音で挨拶をはじめる。

「年寄の松島と申します。倫子様におかれましては、此度《こたび》のお輿入れ、誠におめでたくお喜び申し上げます」

その毅然《きぜん》とした態度に、思わず倫子とお品も身をただす。

「間もなく婚儀の準備が整う次第にございます」

松島の言葉にお品はハッとした。

「申し訳ございません！　倫子様、今すぐお支度を」

「ああ」

大慌てで支度をはじめる倫子とお品を、松島が冷めた目で見つめている。


十二単に着替えた倫子が松島の先導のもと、西の丸の長い廊下を歩いている。緊張している主を見守りながら、後ろからお品が続く。

「こちらです」

松島にうながされ、倫子は婚儀の間に入る。すでに中で控えていた十数名ほどの幕臣たちが、倫子を見て一斉に平伏《へいふく》する。

その光景に倫子は息を飲んだ。

「こちらへ」

松島にうながされるまま倫子はいそいそと金屏風《きんびょうぶ》の前へと進む。

廊下に控えた御年寄の高岳が値踏みするように倫子を見つめる。

そのとき、「家治様のおなりにございます」の声が響き渡った。襖が開くと同時に皆が一斉に平伏し、倫子も慌てて、それにならう。

家治が隣に着座し、倫子は顔を上げた。チラとうかがうと、家治は怜悧《れいり》な眼差《まなざ》しでしかと前を見据えている。

まるで陶器でできた人形のように美しい横顔だったが、倫子にはやはり恐ろしさしか感じられず、すぐに視線を逸らすのだった。


「ともこ？……なんじゃ、それは」

酒を飲みながら女中たちとの御座敷遊びに興じている家重を、老中首座《ろうじゅうしゅざ》の堀田正亮《ほったまさすけ》が必死に説いている。

「ですから、家治様の正室になられる姫君です。間もなく、予定通りに婚儀が執り行われるそうに――」

「家治？」と家重がさえぎる。「なんじゃ、それは」

言葉を失う堀田の後ろで、松平武元《まつだいらたけちか》ら幕臣たちも目を泳がせる。その様子を見た家重は怒声を発した。

「なんじゃ、その態度は！　お前ら全員、わしを馬鹿にしおって！」

刀を抜いた家重を見て、女中たちは悲鳴をあげて逃げていく。

「上様、落ち着いてくださいませ！」と堀田が必死に止めるも、「うるさい、黙れ！」と家重の怒りは収まらない。

そのとき、「失礼つかまつります」と側用人《そばようにん》の田沼意次《たぬまおきつぐ》が現れた。

「引っ込んでおれ！」

田沼は臆せず、刀を構えた家重の前へと進み出る。

「上様。頼まれた品を持ってまいりました」

「何も頼んだ覚えはない！」

家重は刀を振り下ろした。

顔の横を切っ先が通過し、堀田は声にならない悲鳴をあげる。

動じず、田沼は家重に言った。

「うな重、にございます」

「あ？」

田沼の後ろには膳を持った女中のきぬが控えていた。膳には炊きたての白米にうなぎのかば焼きをのせたお重が載せられている。

「上様のお口に合うよう、一流の料理人がこしらえました。世に一品しかない新しい献立ゆえ、家重様の『重』の字をたまわり、うな重と名づけた次第にございます」

家重はうな重ときぬを交互に見て、「おお！」と頬をゆるめる。

「近う！　隣に座れ」

きぬを呼び寄せ、うな重を食べさせてもらうと家重の機嫌はすっかりよくなる。安堵の空気が流れるなか、幕臣のひとりが田沼にささやく。

「さすがは田沼殿。毎度、頼りになる」

涼しい笑みで、田沼は賛辞を受け止めた。


将軍不在のなか、家治と倫子の婚儀は厳かな雰囲気で進んでいる。誓いの盃を交わし、これで自分はこの方の妻となったのだと倫子は思う。

果たして自分はきちんとお役目を果たすことができるのだろうか……不安のまま隣の家治を横目でうかがうも、その能面のような顔からはまるで心が見えない。


うな重で腹を満たした家重は、きぬの膝の上でいびきをかきはじめた。その姿を見ながら幕臣のひとりが嘆息《たんそく》する。

「ご子息の婚儀中にこのありさまとは……」

顔色も変えずに田沼が指示する。「御寝所《ごしんじょ》にお運びする駕籠の用意を。そなたたちは戻って結構です」

「ありがとう存じます！」と女中たちは逃げるように去っていく。

幕臣たちも駕籠を取りに出ていき、残された田沼は黙々と散らかった皿や杯を片づけはじめる。大きく口を開け、間抜け面で眠る家重を見つめ、きぬがつぶやく。

「どうしてこのような方が天下人なのでしょうか」

「……悪人には、いずれ罰が下る」

「？」

家重に憐憫《れんびん》の眼差しを向け、田沼は続けた。

「世の運命《さだめ》とは、そういうものだ」


式が終わり、婚儀の間では家治と倫子への挨拶が始まった。

「家治様の叔父であられます、田安宗武《たやすむねたけ》様と従弟《いとこ》の松平定信《まつだいらさだのぶ》様にございます」

松島の紹介を受け、宗武と定信がふたりの前に平伏する。

「本日は誠におめでたく、お喜び申し上げます」

しかし、家治は黙ったままだ。倫子が慌てて、口を開いた。

「顔をお上げください」

宗武と定信が顔を上げるも家治は目すら合わせようとしない。そんな家治の態度を宗武は鷹揚《おうよう》に受け流す。

いっぽう定信は倫子に向かって親しげに微笑む。

「お目にかかれて、恐悦至極《きょうえつしごく》に存じます」

「私も、お会いできて嬉しく思います」

倫子に優しい眼差しを送る定信を、家治が横目で見ている。

参列者たちの挨拶が終わり宴の時間となるや、家治はすぐさま席を立った。遠ざかる家治の背中を見送りながら、倫子の中にさらなる不安が募っていく。


江戸城内廓《ないかく》の城門を仰ぎ、股旅《またたび》姿の男がつぶやく。

「ここが江戸城、大奥か……」

大八車《だいはちぐるま》に祝いの品を載せた御用商人や大名たちが、ふたりの門番に切手（通行許可書）を見せ、続々と中へと入っていく。

男は思わず門番に声をかけた。「やけににぎやかですね」

「今日は次期将軍・家治様の婚儀があるからな」

「ああ、それで……」

男が門を入ろうとすると、門番たちが手にした棒で行く手をふさぐ。

「ここから先は男子禁制。切手のある者しか入れんぞ」

「はい。もちろん存じております」と男は誇らしげに懐から切手を出し、見せる。「今日から大奥に奉公いたします。猿吉《さるきち》と申します！」


寝所へと運び込まれたところで家重は目を覚ました。

「きぬ～。きぬはどこじゃ！」

「はい」

慌てて入ってきたきぬを見て、家重の顔がにたりとゆるむ。

「そなたはここに残れ」

「！」

「はよう、近う寄れ！」

そう言うと家重は、引きつった表情を浮かべるきぬを乱暴に引き寄せた。


婚儀を終え、廊下に出た倫子は大きく一つ息を吐いた。ずっと緊張しっぱなしだったので体中がこわばっている。

「この度は誠に、おめでとうございます」

声のほうに目をやると、定信がこちらに向かって歩いてくる。

「ありがとう存じます」

「近い将来、倫子様が大奥のてっぺんに立つのですね」

「てっぺん？」

「御台所《みだいどころ》といえば奥女中千人の頂《いただき》ではございませんか」

「はあ……なんだか実感がわきません」

「倫子様らしいですね」と定信は笑った。

私の何を知っているのだろうと倫子は首をかしげる。

「しかし、どうかお気をつけください」

定信は声をひそめ、続ける。「大奥は人を人とも思わぬ者たちであふれております。誰もが倫子様の地位を妬《ねた》み、追い落とそうとなさるでしょう。気を抜けば、殺されるやもしれません」

「そんな、まさか……」

おののく倫子を見て、「ははっ」と定信は笑った。

「戯言《ざれごと》ですよ。戯言」

そんなふたりの会話を物陰で松島が聞いていた。

その夜、中奥の一室で山村座の定紋が描かれた古びた扇子を手にした幕臣の話を聞きながら、「なるほど……」と松島は満足そうに微笑んだ。

「それが家治様にとっても最高の祝儀となろう」

うなずき、幕臣は扇子を懐にしまった。


半裸で絶命している家重を一瞥し、きぬは寝所を出ていく。

呼ばれた御匙《おさじ》（御殿医《ごてんい》）は脈をとり、小さく首を振った。白い布で苦悶の表情を浮かべる家重の顔を覆い、堀田と田沼を振り返る。

「……おそらく男女の契《ちぎ》り中に心の臓が発作を起こしたようにございます」

「そんな……」と堀田は絶句する。

目をつむり手を合わせながら、田沼もつぶやく。

「このような亡くなり方は、あまりに無念……」


「亡くなった!?」

お品の言葉に倫子は驚愕した。

「家重様が？」

「はい……」

「……」

家重が世を去り、嫡男である家治が第十代征夷大将軍《せいいたいしょうぐん》に任じられた。

この日を境に大奥は、嫉妬と欲望の渦巻く動乱の世界へと突入。倫子は否応なしにその嵐に巻き込まれていくのであった。

※

門番として働きはじめた猿吉が大奥の通用門の前に立っている。大きなあくびを一つする猿吉に、「いいわね、あんたはのんきそうで」とやってきたお玲が声をかける。

「お玲殿。またお使いごとでございますか?」

「そう。みんなしてお洒落しようと必死で、このありさま」と発注された品々が羅列《られつ》された書きつけを猿吉に見せる。

「お洒落?」

「新しい将軍、家治様のご寵愛《ちょうあい》を受けるためよ。大奥では将軍家の世継ぎをなしたおなごがとにかく偉くなれる。どんな生まれであろうと出世できるの」

「うわ〜。それで!?」

「みんなが側室の座を狙い、心の中じゃ正室の倫子様に牙を剥《む》いてる。これからは……女の戦よ」

松島の身支度をしながら、奥女中のお知保《ちほ》が命を受けている。「公家の正室など邪魔になるだけよ。生きる気力も失せるほどに、可愛がって差し上げよ」

「はい」

「首尾《しゅび》よく運べば、そなたを側室に推挙しよう」

またとない機会を与えられ、お知保は覚悟を決めた。

御台所の部屋へと居を移した倫子の前に、松島を筆頭とした大奥の女性たちがずらりと平伏している。顔を上げ、松島が口を開いた。

「此度は御台所ご就任、誠におめでとうございます。つきましては身の回りのお世話をいたします、付き人をご紹介させていただきます」

「付き人?」

「中臈《ちゅうろう》の知保にございます」

「しかと務めさせていただきます」とお知保が頭を下げる。

「あの……付き人なら大丈夫です。私には京の頃より仕えてくれている、お品がおりますので」

後ろに控えたお品が誇らしげに口を開く。

「僭越《せんえつ》ながら倫子様のお世話が務まる女中は、私を置いてほかにおりま――」

「お言葉ですが」とお知保がさえぎる。「これからは倫子様ではなく御台様《みだいさま》とお呼びください」

「!?」

「外からいらした方では、大奥のしきたりはおわかりにならないと存じます。現にその格好……」とお知保は白衣に緋袴《ひばかま》という地味な装いのお品のおかしさを指摘する。

華を競ってこそ大奥の女。奥女中たちの顔にあざけるような笑みが漏れる。

あけすけな皆の態度に倫子は驚き、お品は悔しさに身を震わせた。

「それから、京風の嫁入り道具も武家の家風にそぐいません。すべてこちらで用意したものにお取り替えください」

ただちに女中たちが京から持ち込んだ品々を運び出しはじめる。

「そんなこと！」とお品は憤《いきどお》りをあらわにした。「公家の姫である倫子様に対して、あまりに無礼ではないですか!?」

お知保は無視して、さらに続ける。「それから、こちらにあられます松島様は、大奥《おおおく》総取締《そうとりしまり》にございます」

「は!?」と思わず声を漏らしたのは、松島と大奥内で覇を競っている高岳だ。

「総……取締？」

きょとんとする倫子とお品に、お知保が説明する。

「大奥にいるすべての女中を束ねるお役目です。表の世界の御老中に匹敵する重役にございます」

「聞いておりませんぞ！」と高岳が声を荒げた。

高岳のお付きの女中、朝霧《あさぎり》と夜霧《よぎり》も憤然と抗議する。

「そうです！　なぜ松島様が!?」

「高岳様を差し置いて……」

高岳らの興奮を冷ますように松島が毅然と言い放つ。

「上様より直々にご拝命いただきました」

「！……」

お知保が倫子に向かって告げる。

「これからは御台様といえども、大奥に関することは、すべて松島様に従っていただきます」

「このことはゆめゆめお忘れなきよう」

松島に念を押され、倫子は困惑してしまう。

「では、私はこれにて失礼いたします」

袖で高岳の顔を払うようにして踵《きびす》を返し、松島は悠々と部屋を出ていく。

怒りと屈辱で高岳の顔は赤く染まっている。

戸惑う倫子に向かい、お知保が言った。

「間もなく総触れの刻限です。本日のところはお手並み拝見とまいりましょうか。急ぎ、お支度を」

「……」


同じ頃、老中の堀田は家治に詰め寄っていた。

「なにゆえ!? なにゆえ松島殿を大奥総取締に!?」

家治は黙々と将棋盤に向かい、詰め将棋をしている。田沼ら幕臣たちは堀田の後ろに控え、事の行方を見守っている。

「あの方はどこか腹の内が見えず、不気味です。口うるさく政《まつりごと》にまで関与しかねませぬ。火種のもととなるでしょう！」

盤に駒を打ちながら家治が返す。「そうか。では、将軍のなすことに口うるさく物を申すそなたも、火種のもとになるやもしれぬな」

「は……？」

「堀田。今日より暇《いとま》を取らす」

「！」

愕然《がくぜん》とする堀田に家治は言った。

「聞こえなかったか？　出ていけと申しておる」

盤から顔を上げ、家治は堀田を見つめる。

その空虚な瞳に、堀田は反論をあきらめた。肩を落とし、部屋を出ていく。

「これよりは……」

家治は幕臣たちを見渡していく。眠気に耐えられずあくびをしてしまった武元のところで視線を止めた。

「松平武元。そなたが上に立ち、家臣の指揮をとれ」

一同は唖然と武元を見る。

「某《それがし》がでございますか!?……ははっ！」と武元は慌ててひれ伏した。

「さっそくだが武元、新しい老中に田沼を引き上げよ」

驚き、武元は顔を上げた。

「しかし、田沼殿はすでに上様の身の回りのお世話を担う側用人というお役目が……」

「だからなんだ？　そなたも暇がほしいか？」

「いえ、滅相《めっそう》もございませぬ！」

すかさず田沼が頭を下げる。

「謹んでお引き受けいたします」

その様子を家治はやはり空虚な瞳で見つめている。


京都の実家から送られてきた嫁入り道具は、お知保の指示によって倫子の部屋から持ち出されてしまった。

納得できないお品は納戸へと向かった。中を覗くと、手前のほうに雑然と倫子の嫁入り道具が置かれている。

「こんなところに……許せない！」

そのとき、背後から誰かに口を押さえつけられた。

「!?」

そのまま手ぬぐいで猿ぐつわをされ、抵抗むなしく瞬く間に手足も縛られる。

御小姓《おこしょう》たちは事をなすと開き戸に閂《かんぬき》をかけ、逃げていく。

お品は必死にもがくが手足の自由は利かず、声も外には届かない。

混乱はやがて恐怖へと変わっていった。


中奥から大奥へとつながる御鈴廊下《おすずろうか》に、艶やかな打掛《うちかけ》を身にまとった奥女中たちがぞろぞろと入っていく。その中には昭島、お平、お玲の姿もある。

「ついにやってまいりましたね、初めてのお目見え!」

興奮気味に口を開いたお平に昭島が返す。

「夜伽《よとぎ》の相手に選ばれたおなごは扇子で肩を叩かれます」

「あ〜、選ばれたらどうしましょう〜」

妄想し、悶えるお玲の肩を「とんとん」とお平が叩く。

「はあ」

「心配いりません。どうせ選ばれるのは私にございます」

自信満々の昭島を笑っていいのかわからず、お平とお玲は顔を見合わせた。

長い廊下の両端が女たちで埋まったとき、お知保に連れられた倫子が入ってきた。きらびやかな奥女中たちとは対照的な地味な装いにそこここから笑い声が漏れる。

「なんでしょう、あれは」と朝霧が夜霧にささやく。「上様を前にあのようなお衣装で」

「しかもあの髪型。御台所とは思えませぬなぁ」

ふたりのひそひそ声が耳に入り、倫子は憮然《ぶぜん》とお知保を振り返った。衣装も髪型もすべてお知保が支度したのだ。

どういうこと？……と倫子が見るも、お知保は含み笑いを浮かべ、自分の位置につく。

どうにか苛立ちを抑え、倫子は周りを見渡した。

「お品は……？　お品を見かけませんでしたか？」

「総触れの準備が滞《とどこお》り、お逃げになったのではございませんか？」と朝霧が返す。

「そんなはずはありません！　お品が私を置いていなくなるなど、あり得ない……」

「まあ。お美しい絆ですわねー」

わざとらしい朝霧の言葉に、奥女中たちがクスクス笑う。

そこに松島と高岳が入ってきた。皆はすぐに平伏する。高岳は倫子の格好を見て、「あらまあ……」とあきれた顔になる。

屈辱に耐えながら倫子は列の先頭に座った。そんな倫子に松島が品定めをするような視線を送っている。

やがて鈴が鳴り、御鈴番《おすずばん》が声を張った。

「上様の、おな～り～」

女たちは一斉にひれ伏す。皆にならい、倫子も頭を下げた。

襖が開き、威風堂々とした佇《たたず》まいで家治が入ってきた。

倫子には見向きもせず、家治は通り過ぎていく。戸惑いつつも松島にならい、倫子は立ち上がり、家治のあとに続く。

廊下の両端は着飾った女たちが美しい花壇をなしている。家治は豪奢《ごうしゃ》な打掛を着た女中たちの肩を扇子で叩き、叩かれた者たちの顔には歓喜の表情が浮かぶ。

倫子は歩きながらお品の姿を探す。しかし、どこにもその姿はない。

廊下の端にたどり着き、家治は言った。

「いま肩を叩いた者には全員暇を取らす」

ざわつく奥女中たちを代表し、高岳が訊ねる。

「なにゆえに……」

家治が振り向き、女たちに宣言する。

「わしは八代将軍吉宗公の孫である。吉宗公同様、倹約を好む。よって、その無駄に高価な格好、目障りだ」

「！」

「それから、そなた」と家治は倫子を振り返った。

「……」

「倹約と無様は異なる。この格好は、見るに堪《た》えぬ」

「！」

恥辱にうつむく倫子を見て、お知保は思わず笑みを漏らす。

そんなお知保を、去り際、家治はにらみつけた。すべてを見透かすような視線に、お知保の顔から血の気が引いていく。

※

総触れを終えた倫子が憤然と廊下を歩いている。あとに続きながら面倒くさそうにお知保が訊ねる。

「どちらへ向かわれるのですか？　この先は奥女中たちの住まう長局《ながつぼね》。御台様がお立ち寄りになる場所ではございません」

「お品を捜しにいくのです。私の身支度はこれまで通り、お品にやってもらいますので」

「そのお品様ですが、ここでの暮らしが辛く、京に戻られるそうにございます」

倫子は足を止め、お知保を振り向いた。

「そんなの……嘘であろう?」

「残念ですが」とお知保は小さく首を横に振った。「将軍家に嫁がれた御台様とは違い、あちらはここに留まる理由がないゆえ……」

「お品が……」と倫子は肩を落とす。

幼き頃よりともに育ち、将軍家への輿入れが決まったときにも京から一緒についてきてくれたお品は、倫子にとって単なるお付きの女中などではない。誰よりも強き絆で結ばれた友なのだ。

唯一無二の友に去られ、倫子はただただ絶望した。


部屋に戻るや倫子は文《ふみ》を書きはじめた。

『信通様。大奥は誠に醜いところです。人を蔑《さげす》むうすら笑い。言葉の端々に含んだ棘《とげ》。人の不幸を喜ぶ者たちであふれております。こんなところにいたら、私が私でなくなる。

どうしたら――』

　そこまで書いたところで、お知保が部屋に入ってきた。

「何をされているのです？」

「またそなたですか……」

　文を畳もうとする倫子の横からお知保の手が伸び、文を奪い取った。

「何をするのです!?　返して！」

　お知保は応えず、黙って文に目を通している。

「そなたには関係ないであろう！」

「大奥法度《おおおくはっと》をご存じないのです？　文を勝手に出すことは固く禁じられております」

「文一枚、好きに書けないというのか!?」

「それがしきたりですので」

　倫子の中にさらなる怒りが込み上げてくる。

「何がしきたりか……人から自由を奪っているだけではないですか！　名前も御台ではない。倫子です！」

　文を奪い返そうとする倫子を押し倒し、お知保は顔を寄せた。

「恐れながら、御台様は嫁ぐという意味をおわかりになっていないように存じます。おなごはみな、相手の家に染まっていくもの。これまでの自分は消えてなくなるのです。ましてやここは、天下を治める将軍家。私ならば喜んで染まります」

「それはそなたの考えであろう。私に押しつけないでください。文を返して！」

「なりません！」

ふたりが揉み合っているところに朝霧がやってきた。

「申し上げます！」

平伏する朝霧に、「なんです？」とお知保が訊ねる。

「今宵、御台様に上様の御渡《おわた》りがございます」

「!?……」

「……おめでとう存じます」

嫌みっぽくそう言うと、お知保は文を握りしめ、去っていった。

「……」


お知保が向かったのは松島の部屋だった。渡された文にすぐに目を通し、「さっそく上様以外と密通しようとは……」と松島は文をぐしゃと潰した。しかし、その口もとには愉《たの》しげな笑みが浮かんでいる。

「面白い。しばらく様子を見よ」

「はい」

「例の付き人は？」

「まだ納戸《なんど》に。たっぷりと可愛がり、ここを去っていただきます」

松島は丸めた文を煙草盆の火にくべ、言った。

「それがよい」


その夜。寝衣《しんい》姿の倫子が方位磁石を見つめている。

もうすぐ家治が大奥へと渡ってくる。このまま契りを交わし、あの男の妻となる運命を受け入れるしかないのだろうか……。

そんなのは、嫌だ！

倫子は意を決し、立ち上がった。

御小姓《おこしょう》を伴ったお知保が倫子の部屋の襖を開ける。

「御渡りの刻限にございます」

しかし、部屋には誰の姿もなかった。

まさか、逃げた……？

「すぐに捜すのです」とお知保が御小姓に命じる。

「はい！」

暗く長い廊下を倫子が駆けていく。

背後から奥女中たちが迫ってくる。倫子は焦り、懸命に足を動かす。ようやく中奥へと続く襖が見えてきた。

「御台様～！」

ふっと気が緩み、倫子は躓《つまづ》いてしまった。倒れた拍子に袂から方位磁石が飛び出す。勢いよく襖の金具に当たり、硝子《がらす》にひびが入る。

慌てて拾い、倫子は襖に手をかけた。しかし、襖には鍵がかかっている。力づくで開けようとするも女の力でどうにかなるわけもない。

「御台様～！」

自分を呼ぶ声と足音はどんどん迫ってくる。

倫子は必死に襖と格闘しつづける。

そのとき、鈴が鳴った。

同時に御小姓たちが倫子に取りつき、無理やり襖から引き剥がす。

鍵が解かれ、襖が開いた。

襖の向こうに立った家治が、冷たい眼差しで倫子を見下ろす。

その眼差しに囚われたように倫子は動けなくなる。

ふと脳裏に幼き頃に見たトンボの姿が浮かんだ。片羽をもがれた哀れなトンボ。

あれは……私だ……。

しかし、家治はすぐに倫子から視線を外し、無表情のまま寝所へと入っていく。

「……」

そこに騒ぎを聞きつけた松島がやってきた。

軽蔑した目を向け、倫子に告げる。

「逃げるだけ無駄です。御台所となられたからには二度とこの城から出られませぬ。里帰りすら許されず、一生をここで終えるのです」

「……どうして」

襖に鍵をかけながら、松島は言った。

「それがしきたりだからです。御台様の運命にございます」

込み上げてくる涙をこらえるのに必死で、倫子はそれ以上何も言えなかった。

あきらめ、倫子は御鈴廊下の脇にある寝所に向かった。朝霧が襖を開け、倫子をうながす。布団の向こうに家治が背を向け座っている。

朝霧が御簾《みす》を下ろし、後ろに控える。

おそるおそる歩み寄り、倫子は家治の近くに正座した。膝に置いた両手は小刻みに震えている。

家治はチラとその様子を見て、言った。

「そなたのような色気のないおなご、抱く気にならぬ」

「！」

家治は布団に入り、倫子に背を向け寝てしまった。御簾越しに朝霧の忍び笑いが聞こえてきて、倫子は両の拳を強く握った。

※

将棋盤をはさみ、武元は家治と対峙しながら言った。

「今年に入り、起きた一揆の数は三十にのぼります。ここらで一度見せしめに、一揆を起こした者どもを磔《はりつけ》の刑にしてはいかがでしょうか？」

「……」

家治は盤から顔を上げ、武元に言った。

「そなたの番じゃ」

「恐れながら」と後ろに控えていた田沼が口を開いた。「民が一揆を起こすのは不満が溜まっているからです。その不満を取り除かないかぎり、根本的な解決には至らないと存じます」

駒を手にしたまま、ふいに家治が立ち上がった。

「ならば、どうする？」

「不作続きで貧しい者どもから年貢を取り立てること自体に限界がございます。そこで、これからは商人《あきんど》からも税を取り立てる仕組みを整えるべきかと」

「商人？」と武元がいぶかしげに田沼を振り向く。「そんなことは無理であろう。あの者たちは米を作っていない。取り立てる年貢がないではないか」

「年貢は米だけですか？」

「は？」

発せられた問いに興味を抱き、家治は田沼をじっと見つめる。

「戦のなくなった今の世において必要なのは、武力ではなく銭です。銭を持つ者こそが天下を治める時代となるでしょう。それゆえ幕府は商人から銭を徴収すべきかと」

家治は指でつまんだ『金』の駒を見つめ、言った。

「わかった。好きにやってみよ」

「ははっ」


部屋を出た倫子がぼんやりと外廊下を歩いている。向こうからやってきたお知保が、すれ違いざま「どちらへ?」と訊ねる。

「風に当たりにいくだけです……」

角を曲がるとお玲とお平が立ち話をしていた。

「え!? お化けが?」

「そうなのです～。長局の東側で、不気味な物音やおなごのうめき声がしきりに聞こえてくるとか……」

「恐ろしい～」

耳に飛び込んできた会話に倫子はハッとなる。お知保を振り返ると、ばつが悪そうに目を逸らす。

「まさか……」

ふたりに詳しく話を聞くと、怪異現象が起こっているのは東側の納戸の辺りだという。

倫子は急ぎ足でそこに向かった。


納戸の開き戸に閂がかけられているのを見て、倫子は確信した。すぐに閂を外し、納戸へと飛び込む。入口のすぐ脇に、手足を縛られ、猿ぐつわをされたお品がぐったりと横たわっていた。

「お品……！　大丈夫か!?　お品！」

声をかけながら、倫子は口をふさぐ手ぬぐいを外す。

虚ろだったお品の目が焦点を結び、倫子の姿をとらえた。

「申し訳ありません……倫子様の、お支度をできずに……」

「何を言う……」

倫子はお品の体を抱きしめる。

「すまない……私のせいで……すまない……」

腕の中の弱り切ったお品を見て、倫子は覚悟を決めた。

「ここから、一緒に逃げよう……」

あくる日、お知保が部屋を訪れると倫子が短冊に筆を走らせていた。

「何をなさっておられるのですか?」

「和歌を詠んでいるのです。公家の姫たるもの、するりするりと詠めないと恥をかきますので」

そう言って、倫子は真剣な表情で短冊に記した歌を吟味する。

お品を納戸に監禁したことに関して、特に追及してこないのは不気味だったが、藪蛇《やぶへび》になってはかなわぬとお知保は放っておくことにした。


「暮れ六つにございます! これより一切の通行を禁じます!」

猿吉が大きな声で周囲に呼びかけ、門が閉じられていく。と、向こうから下級女中が駆けてきた。しかし、女中の目の前で門は閉ざされた。

「どうされました?」と門扉越しに猿吉が声をかける。

悄然《しょうぜん》と顔を上げたのはお品だ。自分は目を付けられていることがわかったので、変装してここまでやってきたのだ。

持っていた書状を猿吉に差し出し、すがるように言った。

「この文を……代わりに……」


送られてきた書状には短冊が包まれていた。信通は重ねられた短冊を上から一つずつ手に取り、順番に読む。

『信通様。こんなことを頼むべきではないと存じております』

『ですが私ひとりでは、もうどうすることもできないのです』

『どうか、逃げる手助けをしてください』

『お願いします。信通様』

遠く江戸から届いた倫子からの悲痛な訴えに、信通の心が激しく揺れる。


庭に立った倫子が、沈む夕陽をぼんやりと眺めている。手にしているのは信通からもらった方位磁石。ひびの入った硝子が信通との関係のようで悲しい気持ちになる。

あの夕陽の向こうには京がある。信通様のいる京が……。

外廊下を歩いていた家治は、ふと庭のほうに目を留めた。切なげな表情で夕陽に照らされている倫子の姿をじっと見つめる。

春が近づき、西の丸の吹上《ふきあげ》の庭は美しい花々で彩られはじめている。庭園の中に設えられた舞台の前に、松島に連れられた家治がやってきた。家治の後ろには田沼ら数名の幕臣たちが続く。

「本日は、節句の儀にふさわしい催《もよお》しを御用意しております。どうぞ、お楽しみくださいませ」

すぐに着飾った奥女中たちが舞台に上がり、舞を披露していく。目立つ位置に入った朝霧と夕霧は、家治のお手が付くようにと特に張り切って踊っている。

「いかがでございましょう」

つまらなそうに家治が返す。

「象の行進のようだ」

「ぞう？」と高岳が田沼に訊ねる。

「天竺《てんじく》に住まう獣かと」

「まあ……」

奥女中たちが懸命に稽古した舞を獣に例えられ、高岳は傷つく。

田沼は周囲を見回し、松島に訊ねた。

「それより、御台様のお姿が見えませぬな？」

「公家の姫ゆえ体力が乏しく、御部屋でお休みになっているのでしょう」

ふたりの会話が耳に入り、お知保はひそかにほくそ笑む。

その四半刻ほど前、倫子は衣桁《いこう》にかかった打掛を茫然《ぼうぜん》と見つめていた。春の花々をあしらった鮮やかな着物に墨がぶちまけられ、黒々と汚されていたのだ。

「酷い……」

つぶやき、お品は怒り顔を倫子へと向けた。

「またどうせお知保たちの仕業ですよ！　上様の御寵愛を受けたいがために倫子様にこのような……」

倫子は墨にまみれた打掛を手にし、お品に言った。

「行こう。お品」

「え？　しかし、着ていく打掛が……」

「大丈夫」

その瞳には強い覚悟が浮かんでいる。

奥女中のなかには踊りや琴など芸事に優れた者も多いが、此度《こたび》は朝霧のように将軍のお目に留まるべく志願した者がほとんどで、衣装は豪華だがその舞は面白みに欠けた。さほど見るべきところもなく延々と続く演舞に飽き、家治は席を立った。

「帰る」

松島は驚き、高岳も慌てて引き留める。

「もう少しだけお待ちください！　こののちはお琴のお披露目《ひろめ》が！」

しかし、家治は聞く耳を持たない。

「では、我々もそろそろ」と田沼ら幕臣たちもあとに続く。

そこにお品がやってきた。

「御台様のおなりです」

家治は足を止め、お品の視線の先に目をやる。

白い長襦袢《じゅばん》のままの倫子がこちらに向かって歩いてくる。

その姿に奥女中たちは唖然とした。

「なんですか、あれは……」と高岳は絶句。松島はあきれながら倫子に言った。

「恐れながら、先日上様に倹約と無様は異なると言われたこと、お忘れにございますか」

「これは倹約でも無様でもございません」と倫子は決然と返す。「白く、決して穢《けが》れないという私の意志にございます」

家治は無表情で倫子の言葉の続きを待つ。

倫子は松島ら奥女中たちに歩み寄り、言い放った。

「私は何をされようと、そなたたちのように汚い心には染まりません！」

「！」

真っ向から牙を剥かれ、松島は怒りに身を震わせる。背後ではお知保が倫子をにらみ、

「誰が汚い心じゃ」と高岳も忌々《いまいま》しげにつぶやく。

しかし、倫子はひるまない。あられもない襦袢姿のまま、しっかと松島を見据える。

凛々しいその姿は美しくすら見えた。

家治の口もとにかすかな笑みが浮かぶ。

松島はチラと背後に目をやり、承知とお知保はうなずいた。

「誠に素晴らしいご覚悟にございます。誰よりも穢れた心をお持ちの方が」

松島の言葉に倫子は警戒する。そのとき、お知保が倫子の前へと進み出て、懐から書状を取り出した。

「密通相手より返事が届いております」

「！……」

お知保は書状を開き、読みはじめる。

「倫子様。文をありがとう。そなたの置かれている状況はよくわかった。辛かろう。苦しかろう。今すぐ助けてやりたい」

その内容に、「恋文?」「どなたでしょう?」と奥女中たちがざわつきはじめる。

「返してください!」と倫子はお知保から文を奪い取った。

大事そうに文を抱える倫子にお知保がわざとらしく訊ねる。

「信通様とはどなたにございますか? 言えないようなお相手なのですか?」

「……」

口を結ぶ倫子の前に家治が歩み寄り、その手から文を奪った。

「! お返しください……その文は……私の、大切なものなのです……」

家治は相手にせず、無言で文に目を通していく。すべて読み終えると、躊躇することなく文を破った。二つから四つ、四つから八つと細かく破り、それを捨てる。

「!!」

茫然《ぼうぜん》とする倫子を見て、松島はほくそ笑む。

家治は踵を返すと、その場から立ち去っていく。

その後ろ姿を、田沼がじっと見送る。

倫子は芝にひざまずき、散らばった紙片を拾い集めはじめた。地べたに這いつくばるというおよそ御台所とは思えぬ惨めな姿に、奥女中たちは軽蔑の目を向ける。

慌ててお品が隣にかがみ、倫子とともに紙片を拾っていく。

※

部屋に戻った倫子は破れた文を畳に並べ、どうにか元に戻そうとした。しかし、あまりにも細かく破られているため、どうしてもうまくつながらない。

「駄目だ。読めない……」と倫子は肩を落とした。「信通様は一体何を……」

悲しみに暮れる倫子を見かね、「私にお任せください」とお品が言った。畳の上に台紙を置き、そこに文の破片を貼り付けていく。

手際よく復元されていく文を見て、倫子は思わずつぶやいた。

「……すごいな」

倫子が見守るなか、お品はあっという間に文を元通りにした。しかし、内容に目を通すや、お品はその顔色を変えた。

「どうした？　見せてくれ」

「いえ……」

お品の挙動をいぶかしみ、倫子は奪うように文を手に取った。

『倫子様。文をありがとう。そなたが置かれている状況はよくわかった。辛かろう。苦しかろう。今すぐ助けてやりたい』

そのあと、信通は『だが』と続けていた。

『倫子様に隠していることがある。本当は会いにいったあの日、伝えようとしたがどうしても言えなかった。私はそなたの姉、高覚《こうかく》と夫婦《めおと》となったのだ』

文を持つ倫子の手がかすかに震えはじめる。

『倫子様の父君の勧めもあり、前に進むためこの道を選んだ。いま私には守るべき人がいる。それゆえ、そなたを助けにはいけない』

読み終え、倫子の体中から力が抜けていく。

「なんだ、これは……なんなんだ……」

「……」

「私だけが信じて……馬鹿みたいだな」

倫子の目からはらはらと涙がこぼれる。

たまらなくなりお品は倫子を強く抱きしめた。

「品は……品はそばにおります！　どんなときも、そばにおりますゆえ！」

お品の腕の中、倫子の涙は止まらない。

自室に戻った家治のもとを訪れた田沼は、先に抱いた疑問をぶつけた。

「さては上様、御台様があのお方からの文をお読みになれば胸をお痛めになると思い、わざと破かれたとか?」

その問いには答えず、「話とはなんだ? 早くしろ」と家治は先をうながす。

田沼はひざまずき、願い出た。

「某を老中首座《ろうじゅうしゅざ》に抜擢していただきたいのです」

老中になって間もないのにさらに老中首座とは……。

あまりにも性急な申し出に家治は顔をしかめる。

「……そんなことをすれば他の家臣の妬みや反感を買い、そなたの立場が危うくなるであろう。やめておけ」

「そのように足を引っ張る無能な輩に気を配っている暇はございませぬ。この国は早急な改革が必要なのです」

田沼は懐から古い扇子を取り出し、家治に見せびらかすようにゆっくりと開いた。

「これからはこの田沼に、すべてお任せください」

描かれた山村座の定紋に、家治の顔がこわばっていく。

「某と上様は表裏一体。そうであろう?」

「……」


その夜、一日の務めを終えた田沼と松島が中奥の一室で酒を酌み交わしている。田沼は満面の笑みを浮かべ、心底楽しげだ。

「万事うまくいったな。やはり悪人には天罰が下る運命」

「あの女中はどうしたのです?」

家重に毒を盛ったきぬの安否を訊ねると、田沼はあっさり白状した。

「始末した」

「……」

「一番確実な口封じのやり方よ。これで表の実権をわしが、裏の実権をそなたが握れることになろう。この城は……もはや我らのものじゃ」

「安心できるのはお世継ぎができてからにございます。それには余計な虫が一匹まぎれておりますけれど」

慎重すぎる松島に田沼は笑った。

「あの公家の姫か？　思いのほか芯が強そうじゃのぉ」

「この城の庭を荒らす者は誰であろうと許しません。早めに駆除しなければ……」

苦々しげに言うと、松島は杯の酒を飲み干した。


家治は王将の駒を手に取り、意味深に見つめていた。

孤立する王将……。いかにすればそれを守れるのか……。

いきなり懐に入り、喉元に刃を突きつけてきた駒がある。

いっぽうで、王の隣から逃げ出そうともがく駒もある。

それぞれの駒に思惑があり、それが動くことで状況はどんどん変化していく。

はてさて、これからどんな局面が現れるのか……。

盤面を見つめる家治の目に複雑な感情が宿っていく。

2

集まった幕臣たちを見渡す家治の視線が後ろに控える田沼で止まる。田沼は目を伏せることなく、不敵に見返してくる。

家治はおもむろに口を開いた。

「家臣を率いる新たな老中首座に、田沼を任命する」

幕臣たちがざわつくなか、これまで政を任されていた武元が焦ったように口走る。

「なにゆえに……？　なにゆえ田沼殿を……」

「そなたに答える道理はない」

「！……殿」

「このところ度重なる天変地異により、町では打ちこわし、農村では一揆が多発し、民はみな不況にあえいでおる。まずはこの景気を早急《さっきゅう》に回復せねばならない。田沼、頼んだぞ」

「ははっ」

平伏しながら、田沼は顔に浮かぶ笑みを抑えられない。

倫子は布団の中で悶々《もんもん》としていた。

ひそかに心を寄せていた信通が姉と夫婦となったという。祝うべきことだと頭ではわかっているが、心穏やかではいられない。

ため息をこぼし、倫子は布団から起き上がろうとする。

「なりません」

「!?」

声のほうに目をやると、いつの間にかお知保が隣室に控えていた。襖の向こうには大勢の御小姓たちの姿もある
「お声をかけるまでお目覚めになってはなりません」

「そんなの無理であろう」と倫子はあきれた。「目が覚めてしまったんですから」

身を起こした倫子にお知保が告げる。

「恐れながら、郷に入っては郷に従え。そろそろお慣れいただかないと困ります。横におなりください」

苛立ちを抑え、倫子はふたたび横になる。

さらに居心地が悪いのが食事だった。

御小姓のお菊に髪を結われながら倫子が朝食をとっている。

食べにくいなと思いつつ、膳に置かれた鯛の塩焼きに箸をつける。見事な鯛だったが冷めきっていた。

「冷たい……なぜこんなに硬くて冷たいのですか？」

倫子の問いにお知保が答える。

「表の御膳所でまず十人分の御食事が作られ、二人分お毒見を。長い廊下を渡り、大奥まで運ばれ、またお毒見。ふたたび長い廊下を運ばれて、ようやくこちらに」

「料理は一人分で十分です」

あきれながら倫子がふたたび鯛に箸を伸ばすと、お菊がその皿を奪った。驚く倫子にお知保が告げる。

「一箸つけたらお取替えする決まりにございます」

倫子は開いた口がふさがらない。

これでは食事が楽しめるはずもないではないか。

お品が御台所の居室に向かって足早に歩いていると、廊下の向こうから倫子の声が聞こえてきた。

「ついてこないでください！」

倫子のあとにはお知保、お菊のほか御小姓たちがぞろぞろと続いている。

「厠《かわや》に用を足しにいくだけです！」

「お供いたします」とお知保は譲らない。

「必要ない！　少しはひとりにしてくれ！」

「なりません」

困っている主の姿に、「倫子様！」とお品が駆け寄っていく。

「お品！」

倫子はお品の背中に隠れ、お知保をにらむ。

「この者たちがず～っとつきまとってくるのだ」

「それがお役目ゆえ」

毅然と言い放つお知保に、お品が立ちはだかる。

「大奥のしきたりでしたら、私がきちんと学びます。それゆえ、倫子様のお世話はこれからも私に任せていただきます」

「お品……」と倫子が感動の眼差しを向ける。「うん。それがいい！」

「そなたには無理かと」

「必ず務めあげてみせます」

お知保とお品の視線がぶつかり、火花が散る。

「そうですか」

ふっと微笑み、「では、さっそくお務めを」とお知保はちり紙をお品に渡した。

「？」

「御台様のお手を汚すわけにはまいりません。用を済ませたのちは、お品殿がそちらでお拭きくださいませ」

「!?」

目を丸くし、倫子とお品は顔を見合わせる。

裃《かみしも》を整えてあげながら、松島が田沼に訊ねる。「貧乏旗本の出である田沼殿が老中首座とは……。どうやって上様を説き伏せたのです?」

「あのお方はそなたが養育係として育て上げた甲斐あって、先見の明がおありじゃ。わしの才を見抜いたのであろう」

そんなわけはなかろう。どうせ何か小狡《こずる》いことをしたのだろうが、この男が政の実権を握ればこちらの利も多い。

「……まあよい。こちらの件も頼みましたよ」

「ああ。しかし、そんなに急ぐ必要があるか？」

「万が一にもあの御台が世継ぎをなせば、公家の者どもが政まで口を挟んでくるでしょう。その前に、なんとしても側室をあてがうのです。我らの息のかかった側室を」

名目上は御台所が大奥の頂点ではあるが、世継ぎをなさねばお飾りにすぎぬ。とにかくあの御台所に大奥の実権を握られることだけは避けねばならない。

この松島の心の安穏のためにも……！


お品に着替えを手伝ってもらいながら、倫子はため息をついた。

「ほんにここは変なしきたりばかりや。息が詰まる……」

長い廊下を行く倫子の歩みは、怒りのせいか早足になっている。後ろから続きながら、お品がおずおずと訊ねた。

「……その、昨晩は眠れましたか？」

気を遣っておずおずと訊ねてくるお品に、「信通様のことか？」と倫子は笑った。

「それなら、よかったと思うことにした」

「よかった？」

「私はもうこの城から出られないし、信通様と姉上には幸せになってもらいたいからな」

吹っ切れた笑顔を見せ、「どれにしようかな〜」と倫子は衣桁にかけられた着物を選びはじめる。

無理に明るく振る舞う倫子を、お品は切なく見つめる。

御座之間《ござのま》の上座に着いた家治の前にずらりと奥女中たちが居並んでいる。

「上様におかれましてはご機嫌うるわしゅう存じ奉ります」

先頭で挨拶を述べる松島を、後ろから高岳が忌々しげに見つめる。

「本日も、誠心誠意お仕えできることを誠に誇らしく、お喜び申し上げます」

松島が平伏し、皆がそれにならう。

家治は退屈そうに色鮮やかな女たちの背を眺める。

顔を上げた松島が倫子へと視線を向けた。

「御台様からも何かひと言、上様に」

突然振られ、倫子は戸惑う。

「お願い申し上げます」

うながされ、倫子は仕方なく口を開いた。

「上様には健やかなるご様子、誠にお喜び申し上げます。えー……本日も、奥女中一同」

話しながら女中たちを見渡すと、みなそっぽを向き、誰も聞いていない。

言葉に詰まる倫子に家治が冷たく言った。

「心にもない言葉はいらぬ」

「!?」

家治は立ち上がり、去っていってしまった。

茫然と見送る倫子の耳に、女中たちの忍び笑いが聞こえてくる。

悔しくて唇を噛む倫子を、松島が愉しげに見つめている。


お品とともに部屋に戻りながら、倫子がつぶやく。

「今日も一度も目が合わなかった……」

「上様とでございますか？」

「……他の女中たちとも」

「……」

廊下の角では朝霧と夜霧が高岳を囲って噂話に興じていた。倫子がやってくるのに気づき、朝霧は声を高める。

「どうなっているのかしらねー。こんなにも上様の御渡りがないなんて」

チラと倫子を横目で見ながら夜霧が返す。

「御台様におなごとしての魅力がないせいでは？」

黙ってはおれぬとお品が鋭い声を発した。

「そなたたち、無礼ですぞ！」

「よい」と倫子がお品を制する。「そのようなことでしか人の価値を測れないなど、哀れな方たちです」

痛烈な返しに朝霧が倫子をにらむ。

「では他になんの価値があるのでしょうね」

高岳は倫子にではなく、朝霧と夜霧に向かって話していく。

「この大奥は将軍家の子孫繁栄のため設けられた場所。その務めを果たさずに、妻と言えるのでしょうかねー」

倫子には受け入れがたいことではあるが、それは事実でもある。

憮然として通り過ぎようとしたとき、「高岳様！」と若い女中が駆けてきた。

「申し上げます！　ついに……生まれました！」

「生まれたか！」

高岳は歓喜の表情を浮かべて足早に去り、朝霧と夜霧もあとに続く。

残された倫子とお品は顔を見合わせた。

「何が？」

「さあ」


私室に戻るや高岳は、立派な籠《かご》に収まった生まれたての子を見て目を細めた。

「なんと……立派なお子を産み、御台よりも優秀やの～」

「この子たちは高岳様の御実家でお生まれに……」

朝霧は感激の面持ちで、願い出た。

「どうか私にお譲りください！」

「いいえ、私に！　何とぞ！」と負けじと夜霧も前に出る。

ふたりの後ろには、さらに多くの女中が列をなしている。

籠の中には黒とキジトラの子猫がつぶらな瞳で大騒ぎするおなごたちを見つめている。

「猫？」

お品から聞かされた話に倫子はきょとんとなる。

「はい。それも出世のために欲しがっているようで」

「どういうことだ?」

「大奥で力を持つ高岳様から同じ血統の猫をお譲りいただくことで、少しでもお近づきになりたいと考えているようでして……」

「出世のために猫を欲しがったり、上様のお手が付くように競い合ったり……理解できないな」

あきれる倫子にお品もうなずく。

「……こんな暮らしが一生続くのですかね……」

虚しげな目で倫子は隅の棚に置いた方位磁石を見つめた。

※

新たな着物を手にしたお品が部屋に入ってきた。

「倫子様、お召し替えを」

「またか?」と倫子は顔をしかめる。

「一日五回、着替えるしきたりだそうで……」

うんざりと息をつく倫子に、お品は申し訳なさそうに着物を差し出す。

着替え終わった倫子の衣装を持ったお品が呉服之間へと向かっていると、「お品殿」とお知保が声をかけてきた。

「この箱を松島様に届けていただけませんか？」

「……なにゆえ、私が？」

「私には他に務めがございますゆえ。お願い申し上げます」

お知保はお品の前に木箱を置くと、足早に去っていく。

「あ、ちょっと！」

お知保は足を止めることなく廊下の角に消えていく。お品は仕方なく残された木箱を手に取った。


老中首座となった田沼はさっそく改革にとりかかった。最も重要なのはひっ迫する幕府の財政を建て直すことだ。そのための方策はすでに頭の中にある。

幕臣たちを引き連れ、家治のもとを訪ねた田沼はおもむろに語りはじめる。

「この悪化した景気を回復させるためには、まず我々幕府の財政を豊かにせねばなりませぬ。そこで町人たちに株を発行し、買わせてはどうでしょう？」

「株？」

「闇雲に税を納めろと申しても反発を招くだけです。そこで、株を買った者だけが独占的に商いを行える決まりにするのです。さすれば商人たちは商いを行うために率先して税を幕府に納めるでしょう」

「おお！」と背後で感心の声があがる。

「しかし、株を買えない者たちはどうなる？　銭のない小さな商店は潰れ、ますます貧しくなる民が出てこよう」

当然の疑問に田沼は涼しい顔で答えた。

「それでよいかと」

「……」

「このまま景気が悪化すれば、みな共倒れです。多少の犠牲は致し方ないものと存じます。勝つ者がいれば負ける者がいる。それが世の常ですから」

心中の葛藤を察しつつ、田沼は挑むように家治を見つめる。

「……任せる」

「承知仕りました」

平伏しながら、田沼はほくそ笑む。

家治から改革案を認められた田沼に嫉妬しつつ、ふたりのやりとりに武元は何か不自然なものを感じている。


昼四つ頃、松島が倫子を訪ねてきた。後ろにはお知保となぜかお品が控えている。松島は持参した木箱を倫子に差し出し、蓋を開ける。中には割れた鍋銚子《なべちょうし》が入っていた。

どういうことかといぶかる倫子に松島は言った。

「そちらのお品殿が、運ぶ途中に割ってしまったようで」

「私ではありません！」

お品の抗議を松島が一喝する。

「百両の値打ちの鍋銚子ですぞ！　そのような言い分が通るとお思いか!?」

「最初から割れていたのです！　信じてください！」とお品は必死に訴える。

倫子はお知保に目をやり、言った。

「お知保殿がお品に運ぶよう頼まれたそうですね？」

「そうです！」とお品がお知保へと鋭い視線を向ける。「お知保殿が割ってしまい、私に濡れ衣を着せようと――」

「私は何も存じ上げません」

毅然とお知保がさえぎるも、「そなたが割ったのであろう!?」とお品も譲らない。

「そのような証《あかし》、どこにあるのですか?」

証拠などないが、箱を渡されたときの態度は明らかにおかしかった。罪をなすりつけようとしたに違いない!

お品は憤然とお知保をにらみつける。

「たしかにそのような証はございません」

そう言って、倫子は強く松島を見つめる。

「ですが私は、お品の言うことを信じます」

「倫子様……」

ふたりの絆に松島は苛立つ。

「何はともあれ、私はこの鍋島焼《なべしまやき》の鍋銚子を金子《きんす》に替え、その銭で女中たちに懐紙《かいし》入れを新しく支給するつもりでおりました。上様は倹約を好まれ、このままでは懐紙入れを揃える経費が足りませぬ……。次にできることといえば人減らし。誠に残念ではございますが、お品殿には暇を取らすほかないかと」

「そんな……」とお品は絶句する。

「すべての権限は、大奥総取締の松島様にございます」

お知保が見せる不敵な顔に、これが狙いだったかと倫子は合点がいった。

「……でしたら、その経費分を賄《まかな》えればよいのですね？」

倫子は木箱を手に立ち上がると、松島の前にそれを差し出した。

「懐紙入れを我々の手で作ります。そうすれば、お品に暇を取らす必要はないのでは？」

馬鹿げたことを……。

込み上げてくる笑いを抑え、「承知つかまつりました」と松島は木箱を受けとる。

「では、明日の朝までに上級女中三百人分の懐紙入れをお作りください」

「三百人!?」とお品は悲鳴のような声をあげた。「そんなの間に合うはずありません！」

「その場合は、ここを辞めていただきます」

「！……」

こんなことで負けてたまるかと倫子は松島を鋭く見据える。

「承知しました。必ず作ってみせます」

私室に戻った松島は、忌々しげにお知保に命じる。

「三百など作れるはずもないが……念のため、他の女中たちに一切手を貸すなと申し伝えよ」

「はい」

いっぽう、倫子はお品が呉服之間からかき集めてきた古い反物《たんもの》や端切《はぎ》れを畳に広げ、しまってあった裁縫道具を取り出した。

懐紙入れ作りの用意を進める倫子に、「申し訳ありません」とお品が頭を下げる。

「倫子様の手をわずらわせることになってしまって……」

「謝るのは私のほうだ。あの者たちがどうしてお品に酷いことをするかわかるか？」

「……いえ」

「そうすれば、私が一番嫌がるとわかっているからだ」

「！……」

「それが何より許せない……悔しい……」

自分が倫子の急所になっている。

そう思うと、お品はさらに心苦しくなる。

倫子はうつむくお品の手を取り、言った。

「だから必ず作り切って、見返してやろう」

「はい！」

田安家の座敷で武元が宗武と対座している。

「どうだ？　新しい将軍は」

宗武の問いに武元は小さく首を横に振った。

「上様には失望いたしました。田沼殿ばかりを重用し、政を任せきりにしておるのです」

「……田沼を？」

「はい」とうなずき、武元は悔しげに口を曲げる。「それもこれも宗武様が跡を継がれていれば……。吉宗公は最後に大きく御判断を誤られましたな」

宗武は、兄の家重を九代将軍に選んだ際の吉宗公の言葉を思い返す。

酒とおなごに溺れ、政には一切興味のない兄は将軍の器ではないと詰め寄ると、吉宗公はこう言ったのだ。

「わしは家重を選んだつもりはない。孫の竹千代《たけちよ》を選んだのじゃ」と。

我が手で竹千代を立派な跡継ぎに育てると吉宗公が宣言したとき、宗武は悔しさに身を震わせた。

その吉宗公も亡くなり、家治はまだ若輩。どうやら吉宗公が見込んだほどの器ではなかったようだ。

「武元殿。わしはまだあきらめてはおらぬぞ」

「？」

「吉宗公にはもうひとり孫がおるであろう。今は養子に出しているが、わしの息子であることには変わりはない。将軍家の立派な跡継ぎだ」

宗武が襖を開けると、廊下には定信が控えていた。

頭を上げた定信の凛々しい顔を見て、武元は目を輝かせる。

「その際はぜひお力添えさせてくださいませ」

「頼んだぞ。またこうして内情を聞かせてくれ」

「はっ！」

ふたりの話を耳に入れながらも定信の表情は動かず、その内心はうかがい知れない。


産まれたばかりの子猫を膝に乗せた朝霧をうらやましそうに夜霧が見ている。子猫を撫でながら朝霧が、先ほど聞いた噂話を高岳に伝える。

「御台様が明日の朝までに三百もの懐紙入れをお作りになるとか」

「なぜそのような？」と夜霧は首をかしげる。

「松島が仕向けたのであろう」と高岳は鼻を鳴らした。「あの鍋銚子は、最初から割られていたのじゃ」

「！……」

「涼しい顔をしながら、気に入らない者は徹底的に排除していくおなごじゃ。こんなことは手始めであろう」

※

ぐぅるるると腹が鳴り、倫子は針を動かす手を止めた。目の前に並べた懐紙入れを数え、思わずため息が漏れる。

「これだけやって十二か……」

「痛っ……」

お品が小さな悲鳴を発し、倫子が振り向く。

「大丈夫か!?」

布を裁断している際に倫子の声に気を取られ、指を切ってしまったのだ。お品は血しぶきが飛んだ生地を見て、つぶやく。

「汚れてしまいました……やり直さないと」

「それより手当てを」と倫子はお品の指を手に取った。思いのほか傷が深く、血が止まらない。倫子は部屋を飛び出した。

急いで長局に行くと上級女中たちが昼食をとっていた。

「すみません！　傷を手当てする膏薬《こうやく》などはありませんか？」

倫子を見て、女中たちは慌てて平伏する。

「付き人のお品が怪我をしてしまったのです」

しかし、女中たちは平伏したままだ。

「聞こえているでしょう!?」

苛立ち、叫ぶも女中たちは動かない。埒《らち》が明かぬと倫子は踵を返した。

「すまない。こんなものしかなくて……」

倫子が呉服之間から調達した木綿に水を浸し、傷ついたお品の指に当てる。

「とんでもございません！　ありがとう存じます……」とお品は恐縮する。

「ほんにここは、心ない者らが多すぎる！」

お品の手当てをしながら、倫子は次第に腹が立ってきた。

「……無視するほかありません。人の平穏を乱し、災いのもととなる者はいないものと思うほうが楽です」

「ならば……いっそのこと、殺してしまおうか」

「え!?」

驚くお品を見て、倫子がふっと微笑んだ。

「前にそのような話があったであろう」

お品は記憶をたどり、「ああ」と思い出した。

「南泉斬猫《なんせんざんみょう》にございますね」

あれは江戸に下って間もない頃だった。子供用に書かれた禅問答の本を読み、つい涙してしまったのだ。

泣いているお品に気づいた倫子が、「どうした?」と声をかけてきた。

「そんなに悲しいお話なの?」

「あるお寺で一匹の猫を誰がもらうかで争いが生まれたのです。それを見た南泉というお坊様が、猫は争いのもとになるからと殺してしまったのです」

「!……」

「これは正しいことなのでしょうか?」

お品は涙目で倫子にそう問うた。

そのときの倫子の答えは、お品の心に今も強く残っている。

「あの猫、可哀想だったな……」

お品の指に巻き終えた布を結びながら、倫子がつぶやく。

「……」

「よし、できた」

「ありがとうございます」

倫子は畳の上に置かれた材料を見渡し、言った。

「しかし三百となると、生地も糸も足りないな」

「どうしましょう……」

考え込むふたりの様子を向かいの廊下からお菊がうかがっている。


「あの様子では到底間に合わないかと」

お菊からの報告にうなずき、お知保は言った。

「万が一のときは、やれ」

「はい」

「あ〜、もう」

股旅姿に戻り、ふてくされる猿吉に、もうひとりの門番が声をかける。

「お役御免になるなど何をしでかしたのだ？」

「こっちが聞きたいですよ！　某はただ託された文をお届けしただけなのに！」

そのとき、大奥側の通用門にひとりの下級女中がやってきた。

「あの、買い物に出かけたいので外出の手続きを」

「買い物？」と門番が女中を振り向く。「買い物でしたら五菜《ごさい》に頼んでください」

「それが……まだ雇っていなくて……」

聞き覚えのある声に、猿吉は通用門へと走る。

「あ、あんた！」

やっぱり、自分に文を託したあの女中だ。

「どうしてくれるんだよ!?　職、失ったじゃねえかよ！」

いきなり詰め寄られ、お品は困惑してしまう。

古着屋の店先で猿吉が意気揚々《いきようよう》と店主に話しかけている。

「いや〜、とってもとっても愛らしいお方に五菜として雇ってもらえることになったんですよ！　あ、五菜っていうのはね、外に出られない奥女中に代わって買い出しに出かける使用人のことでして」

「どうでもいいからさっさと買え！」

「買う。もう全部買う」と猿吉は棚に置かれた反物を手当たり次第に店主に渡していく。

詰め将棋をする家治の前で、田沼が幕臣に指示を与える。

「蝦夷地《えぞち》には以前にもオロシャが迫っているとの報告があった。開拓を急ぐように申し伝えよ」

「はっ！」

王を詰む駒を打ち、家治は口を開いた。

「報告は以上か？」

「某より一つ、お話がございます」

家治が将棋盤から田沼へと視線を移す。幕臣たちを去らせてから、田沼は言った。

「御台様がお付きの者と食事もろくに取らずに懐紙入れをお作りになっているとか」

意味がわからず家治が訊ねる。

「……なぜ、そのようなことを？」

「女中たちに配るようにございます。御台所のなさることとは到底思えませぬ」

「……」

「あのお方は相当変わっておいでで、上様が気乗りされぬのもお察しいたします。そこで、側室を設けてはいかがでしょうか？」

これこそが本題だった。

「将軍家のさらなる繁栄のために、お世継ぎは必要不可欠と存じます」

しばしの沈黙のあと、家治は言った。

「世継ぎは作らぬ」

「は？……」

「子などいらぬ」

家治の真意を測りかね、田沼は困惑する。


お知保が廊下を掃除している下級女中たちの監督をしていると、木刀を手にした家治が歩いてきた。慌てて平伏しようとしたとき、床に落ちている糸くずに気がついた。思わず手を伸ばし、それを拾おうとする。

いきなり飛び出してきたお知保に、家治は足を止めた。

向こうの廊下で見ていた朝霧が、鬼の首を取ったかのように叫ぶ。

「上様の前を失礼な！」

家治はお知保の振る舞いの意図を察し、言った。

「礼を申す」

「！……」

去っていく家治を見送るお知保の顔に笑みが広がっていく。


家治が中庭で木刀を振っていると、廊下を急ぐ足音とともに倫子の声が聞こえてきた。

「あそこのほうが広く使えるな」

「材料も揃いましたし、急ぎましょう」と女中が返す。

足音は御座之間の前で止まった。

気になり、家治は素振りをやめて御座之間の様子をうかがう。

倫子とお付きの女中が部屋中に反物や端切れを広げ、作業をしていた。

トンボの絵柄の生地を手にした倫子が、「これは良い」と微笑む。

「トンボにございますか？」とお品が訊ねる。

「ああ。トンボは後ろ向きに飛べない。だから、前へ前へと飛んでいく。見ていると元気が出るであろう?」

「なんだか倫子様みたいですね」

もはや前に飛ぶことなど叶わぬ……。

「こんな見た目ではない」

「そういう意味ではございません!」

焦るお品に倫子は笑った。

「ほら、早くやろう」

生地を手に取り、真剣な顔つきで針を動かしていく倫子を見ながら、家治はふと子供の頃の記憶を思い出す。

あれは十歳くらいだったろうか。

夜、祖父の吉宗公と一緒に縁側に座っていた。

「上を見よ。星が綺麗じゃぞ」

しかし、心に引っかかることがあり、顔が上げられなかった。あふれるように言葉がこぼれた。

「……どうして父上と母上は、仲が悪いのですか?」

うつむく自分の肩を優しく撫でながら、祖父は訊ねた。

「竹千代はどんな人と夫婦になりたい？」

「……母上のように、美しい人にございます」

「美しいとは？」

祖父に問われ、考えたがわからなかった。黙り込む自分に、祖父は言った。

「見た目の美しさほど危ういものはない。しかし、ここの美しさだけは確かじゃ」と胸を叩く。「心から信頼できる者と一緒になれ」

祖父の言葉に、白い襦袢姿の倫子の言葉が重なっていく。

『私は何をされようと、そなたたちのように汚い心には染まりません！』

ふと倫子と目が合った。

どうやら覗き見ていたことに気づいたようだ。

初めて見た倫子の瞳から家治は目が離せない。それは倫子も同じだった。

永遠のような刹那《せつな》――。

我に返り、家治は背を向け、その場から立ち去った。

「……」

「どうかしましたか？」

お品に声をかけられ、「いや……」と倫子は作業に戻った。

家治は自分の中に生まれた未知の感情を振り払うように木刀を振る。

汗が飛び散り、陽に輝く。

※

お品とふたり、夢中になって針を動かしているうちに、倫子の周りには三十ほどの懐紙入れが完成していた。ふと指先を見ると、小さな傷がいくつもできている。

こんな風に針仕事で傷を作るのは初めてだ。なんだか妙な感慨が湧いてくる。

そこに下級女中がやってきた。掃除を担当する御三之間《おさんのま》だ。

「すみません。掃除をしたいのですが……」

「わかりました。すぐに片づけます」

女中が倫子に気づき、「え」と声をあげた。「御台様!?」

すぐに一同は倫子に平伏する。

「続けてください」

「失礼いたします。さぁ、参りますよ」

先輩格の女中が声をかけ、控えていた御三之間たちが次々と御座之間に入ってくる。その数に倫子は驚いた。

「こんなに女中が……？」

「ここにいるのはお目見得を許されていない身分の者たちですので、普段はお会いする機会などありませんものね」とお品が返す。

てきぱきと部屋を掃除していく女中たちの姿に、倫子はしばし目を奪われる。

出来あがった懐紙入れが五十を超えるとさすがに疲れてきた。外の空気を吸いに倫子はお品と一緒に御座之間を出た。

廊下を歩きながら、倫子がつぶやく。

「あんなにたくさんの女中が働いているのだな……」

「生きていくために奉公しているそうです」

「生きていくため？」

「いま江戸はひどい不景気ゆえ、おなごも働くことが求められているそうで……。大奥は高い報酬を得られる格好の働き場なのだとか」

向こうに水汲みをする女中たちが見える。懸命なその姿に倫子はふと足を止めた。

「倫子様？」

「私らだけやあらへんのかもしれんな……息の詰まる思いをしているのは」

「？……」

「狭い城の中で、殿方に会うことも許されんと働くばかりで……。もしかしたら、あの者らも……」

倫子は自分たちにあからさまな敵意を向けてくるお知保や高岳、朝霧、夜霧などの顔を思い浮かべる。

「代わり映えのない毎日に嫌気が差して、どうにか生きがいを探しているのかも……」

「同情なさるなど、倫子様はお人が好《よ》すぎます！」

あきれるお品に倫子は言った。

「……私はもう、この城で生涯暮らすしかあらへん。それやったら、少しでも住みやすい場所に変えていきたいやないの」

「……」

「ここにいる者らが……誰かを蔑む笑いやのおて、心から笑えるようになったらええのにな」

この方は本当にお優しいのだ……。

窓から射す夕陽が黄金色に照らす倫子の横顔を、お品は誇らしげに見つめた。

私室で食事を終えてから、倫子とお品は御座之間へと戻った。襖を開けるとズタズタに裂かれた懐紙入れの残骸《ざんがい》が目に飛び込んできた。

「酷い……」とお品は手で口を覆った。「誰がこんなこと……」

倫子は一瞬言葉を失うも、すぐにお品に言った。

「やろう。作り直そう」

お品は目を丸くして倫子を見つめる。

「また一から？　さすがに間に合いません……」

しかし、倫子は生地を手に取り、黙って作業を再開する。心折れることなく、先ほどまでと同じように手を動かす倫子の姿に、お品の鼻の奥が熱くなる。

お品は懐紙入れの残骸を集め、使える布を選《よ》り分けはじめた。

それを見た倫子が微笑む。

ふたりはふたたび懐紙入れ作りに集中していく。

「愚かにもほどがある」

中奥のいつもの部屋で田沼を相手に飲みながら、松島は吐き捨てるように言った。

「間に合うはずがございませぬ」

頭ではわかっているがなぜか不安に苛まれ、杯をあおる度合いが速くなる。

松島の苛立ちをひしひしと感じ、「なぜそこまで御台を目の敵にするのじゃ?」と田沼が問う。「そなたも同じ公家の出であろう」

「故郷《さと》など、とうに捨てました。私は身も心も徳川家に捧げてきたのです。それをあのおなごは……」

何が決して汚れないいじゃ……そんな青臭い思いなど、この大奥では邪魔でしかない。

「上様にはそぐいませぬ」

厳しい口調で言い放ち、松島は酒をあおった。


生地を縫い続けるうちに傷口が開いてきたのか、指に鋭い痛みが走り、お品は思わず手を止めた。見ると巻かれた布に血が滲んでいる。

「……」

お品の様子に気づいた倫子が言った。

「私が縫う。お品は仕上げの型押しを」

「しかし……それでは倫子様の手に負担が……」

「私は型押しが面倒で苦手だ。お互いが得意なほうをやろう。そのほうが早い」

気遣いが嬉しくお品は泣きそうになってしまう。

倫子にうなずき、お品は火熨斗《ひのし》を生地に押し当てていく。


翌朝、お知保とお菊を伴った松島が御座之間へと向かっている。お菊が襖を開け、松島とお知保が中を覗く。が、がらんとした室内には誰の姿もなかった。

「?……」

三人はすぐに御台所の部屋へと向かった。しかし、やはり誰もいない。

「一体どこに……」とお知保は首をかしげる。

松島はお菊を振り向き、言った。

「捜せ」

「はいっ!」

襖が開き、御鈴廊下に家治が入ってきた。平伏した松島が切り出す。

「誠に申し訳ございませぬ。朝から御台様のお姿が見えず……」

「構わん。総触れは予定通り行う」

家治の言葉に「はい」と松島は微笑む。

お知保も胸を撫でおろした。

御座之間に着き、お菊が襖を開く。

飛び込んできた光景に一同は目を見張った。

色とりどりの懐紙入れが座敷一面に美しく並んでいたのだ。

その向こうには倫子とお品が平伏し、控えている。

まさかの出来事に、「どうして……」とお知保の口から驚きの声が漏れる。

あんなにズタズタに裂き、壊したのに……。

顔を上げ、倫子が口を開いた。

「今朝はお出迎えできず、失礼仕《つかまつ》りました。こちらに約束通り、三百人分の懐紙入れを揃えております」

実は松島たちが御座之間を訪れた際も、倫子とお品は隣の部屋で作業に追い込みをかけていた。身を隠したのは、万が一妨害されるのを防ぐためだ。

色をなくしていた松島の顔が、憤りでみるみる赤くなる。

「誠に……三百!?」

半信半疑で高岳は敷き詰められた懐紙入れを見渡す。どうやら本当に三百ありそうだ。

倫子は後ろに控えた奥女中たちに言った。

「どうぞお好きなものをお選びください」

最初に動いたのはお平だった。

「まあ可愛い！」と座敷に入る。遅れてなるものかと昭島も続く。

「素敵……」と手を伸ばそうとしたとき、「触るでない！」と松島は女中たちを一喝した。

女中たちはその場に凍りつく。

松島は取り繕った顔を倫子へと向ける。

「見事な出来栄え、感謝申し上げます。しかし、上様をお出迎えすることなく、このような……。御台様はご自分の立場がおわかりではないのですか？」

倫子は真っ向から松島に対峙し、毅然と言った。

「私は、奥女中千人の頂に立つ御台所です。そうであるからには、今後この城で無用な嫌がらせや誹《そし》りは断じて許しません！」

松島の顔がふたたび朱に染まっていく。

「恐れながら、御台様はまず何よりも上様にお仕えし、お支えするのがお役目かと存じます。そのお役目を放り出し、このような振る舞いは無礼千万《ぶれいせんばん》！」

「……」

そのとき、奥の襖が開き、家治が座敷に入ってきた。

「上様にお謝りなさいませ！」

お知保や高岳も冷めた目で倫子を見ている。

上様の前でこれ以上の騒ぎはできぬと倫子は家治に向き直った。

正座し、頭を下げる。

「……誠に申し訳――」

「謝罪などいらぬ」

倫子をさえぎると、家治は並んだ懐紙入れをじっくりと見物しはじめた。ふと一つを手に取り、倫子に言った。

「これをわしにもくれぬか」

「！」

家治が手にしているのはトンボの絵柄が入った懐紙入れだった。一度裂かれたものを縫い直したのか、不恰好な修繕の痕がある。

「はい……」

高岳ら女中たちは唖然とした顔で家治を見ている。

戸惑う倫子に、お品は嬉しそうにうなずいてみせる。

松島の顔色はもはや朱から紫へと変化している。恐ろしくて、お知保はその顔を見ることができなかった。


部屋に戻ると倫子は、「どうぞ」と懐紙入れを一つ、お品に渡した。

「これ……」

懐紙入れの内側に猫の絵柄が描かれていた。

「頑張ったご褒美《ほうび》だ」と倫子が微笑む。

「……」

お品は南泉斬猫の話に幼い自分が涙したときの、倫子の答えを思い出す。

「私なら……他にも猫がいないか探すなぁ」

彼女はそう言ったのだ。

「殺さずに、増やす。みんなのもとに渡るまで」と。

懐紙入れの猫を見つめ、お品は笑みをこぼした。

このお方はたとえ自分に害をなす者であっても決して切り捨てたりはしない。奥女中が千人いるなら、千人全員の幸せを探すのだ……。

倫子を見つめ、お品は言った。

「私は……これからもここにおります」

「?」

「倫子様が変えていく大奥を、この目で見届けます」

決意を語るお品に、倫子はたおやかに微笑み、うなずく。

そんな倫子にお品も笑みを返すのだった。

※

通用門の前でお品が猿吉と話している。

「此度は誠に助けられました。ありがとう」

「いえ! 雇っていただいたからにはこの猿吉、何なりと買ってまいります!」

そのとき、急ぎ足で門を入ってきた若い役人がお品と軽くぶつかった。

「すみません」

「いえ……」

役人は頭を下げ、足早に去っていく。お品がふと足もとを見ると、切手が落ちていた。

お品はかがみ、それを拾う。

切手には『御広敷御膳所《おひろしきごぜんしょ》　賄方《まかないかた》　葉山貞之助《はやまさだのすけ》』と記されている。

「……」


その頃、お知保は倫子の前に苦渋の思いで平伏していた。

「申し上げます。今宵《こよい》、上様の御渡りがございます」

予期せぬことに倫子は驚く。

いよいよ、その時が来たのだ。

常日頃の冷たい眼差しに、懐紙入れを求めたときの優しげな声音が重なり、倫子の心は千々に乱れる。

上様は一体どういうお方なのだろう……。


私室で家治がトンボ柄の懐紙入れを眺めている。

奥に入ってからずっと御台の様子を見てきたが、予想のつかないことを次々としでかしてくれる。

思ったよりも面白きおなごだ。

「失礼いたします」

田沼がゆっくりと入ってきて、家治に訊ねる。

「側室の件、考えていただけましたでしょうか?」

「言うたであろう。子などいらぬ」

しかし、田沼は譲らない。あろうことか家治の隣に腰を下ろし、「側室を設けてくださいませ。子は宝ですぞ」と己の要求を繰り返す。そして、これ見よがしに寶舟の紋の入った古い扇子を家治に向かって開いた。

「子は……宝ですぞ」

「……」

目の前で揺れる扇子に、家治の表情がこわばっていく。


夜、御寝所に入った倫子が緊張しながら家治を待っている。

「上様のおなりにございます」

御坊主の声がして、寝衣姿の家治が現れた。

部屋に入るや家治は鋭く倫子を見た。倫子は思わず目をつぶってしまう。

私は今宵、このお方の妻になる。

それがどうしようもなく怖かった。

家治は倫子に身を寄せ、その手に何かを握らせた。

「?……」

倫子がゆっくりと手を開くと、真新しい方位磁石があった。

「!」

「懐紙入れの心づけだ」

驚き、倫子は家治を見た。

「……ありがとう存じます」

家治は身を離すと、なぜかひとりで布団に入ってしまった。

「……どうして」

訊ねる倫子に、背を向けたまま家治が答える。

「そなたには他に好きな男がおるのであろう」

「!……」

「好きでもない相手と交わる意味がどこにある……」

どこか寂しげなその背中を、戸惑いながら倫子は見つめた。

3

倫子の身だしなみを整えながら、「今日は一段と髪が艶《つや》やかで、お美しゅうございます」とお品は嬉しそうだ。「やはり昨晩は……うふっ」

笑みをこぼし、ひとり照れているお品に倫子はいぶかしげな視線を送る。

「何を想像している？」

「それはその……昨晩、御渡りが……ですから」

「……何もなかった」

倫子は、『好きでもない相手と交わる意味がどこにある』と背を向けたまま言った家茂の寂しげな後ろ姿を思い浮かべた。

一方、お品は思いもよらない倫子の返事に、思わず目を見開いた。

「何も……で、ございますか？」

「これをいただいただけだ」と倫子は家治にもらった方位磁石を見せる。しげしげと見つめ、お品は訊ねる。

「……そのためだけに、上様は御渡りを？」

昨夜の家治を思い出しながら、倫子はつぶやく。

「……あのお方が、よくわからない……。蛇のような冷たい目をしていると思いきや、このような優しい一面も……。でも、どこかいつもお寂しそうで……どれが本当のお顔なのか……」

倫子の言葉をお品は笑顔で聞いている。何か言いたげなその表情に、「なに？」と倫子がお品をうながす。

「上様のことが、もっと知りたいのですね」

「！」

嬉しそうなお品の顔を見て、倫子は急に照れ臭くなった。

「それより、お知保殿は？」と話を逸らす。「今日一度も見かけていないけど」

「なんでも特別に御許可をいただいて、宿下がりされているそうにございます」

側室となれば里帰りなど許されない。松島がその覚悟を問うように、「最後に家族に会ってくるがよい」とお知保を送り出したのだとは知る由もないふたりだった。

家治が目の前に並べられた美人画を眺めている。対座する商人の後ろには田沼ら幕臣たちが控える。商人は手揉みしながら家治に絵を勧めていく。

「いま江戸で大人気の喜多川歌麿《きたがわうたまろ》という絵師が描いた浮世絵にございます。どちらがお好みでございましょう?」

吉原の遊女から町屋の娘まで、さまざまな美女たちが生き生きと描かれている。どれも素晴らしい絵ではあるが、それを見つめる家治の目には昏《くら》い影が落ちていく。

女たちが家治を古い記憶へと誘う。

「母上を……母上を助けてください!」

女中たちをはべらせ、酒を飲んでいる父の家重の前で、十歳の竹千代が伏して頭を下げている。しかし、家重は女中たちとの戯れに夢中でまるで聞いていない。

「お願い申し上げます! 父——」

「黙れ!」

愉悦《ゆえつ》の時間を邪魔され、家重は反射的に手にした杯を思い切り投げつけた。顔を上げた竹千代の額に当たり、血が滲んでいく。

「あのおなごは穢れておる。当然の報いじゃ」

父の言葉に、竹千代の中にえも言われぬ怒りが込み上げてくる。

母のため、その怒りを必死に抑えた。

「……」

浮世絵に目を据えたまま黙りこくる家治を、田沼がじっとうかがっている。

家治は一枚の美人画を手に取り、それを破り捨てた。

商人は絶句し、幕臣たちもギョッとなる。

「どれも好かん」

常に冷静で理知的な家治のやや過敏な反応に、田沼は思案する。

さて、この潔癖な女嫌いにどうやって側室をあてがおうか……。


松島は中奥のいつもの部屋で、美しい金屏風を背に田沼と酒を飲んでいる。

「城下では一部の商人たちが商いを独占し、大いに儲けているとか」

「そこから税を巻き上げることで、我らも潤うという算段だ。どうじゃ？　よい眺めであろう？」と目をやる金屏風には、遊郭の美女たちが描かれている。

「銭が回れば、文化も花開く！」

松島は特に興味も見せず、話を変えた。

「それより側室の件は？　上様のご説得を急いでくださいませ」

「だからそう焦るな」

「万が一にもあの御台が将軍生母となれば、公家の者どもが政に口を挟み、そなたの地位も危ぶまれますぞ」

「心配には及ばぬ。上様はいずれ必ず、わしの言うことを聞く」

「どこからその自信は来るのです？」

「まあ、見ておれ」

政に関しては剛腕を発揮し、事を進めていくのに、こと側室に関してはのらりくらりと動こうとしない。

そんな田沼が松島はじれったくて仕方がない。


中庭の一角で、倫子はお品に言った。

「お品、この先私が何をされようと言い返しては駄目だ」

「なぜです？」

「言ったであろう。私はそなたが酷い目に遭わされることが何より辛い。だから、矛先がそなたに向くようなことはしないでほしいのだ」

「……」

そこに高岳らが通りがかった。夜霧と朝霧が、聞こえよがしに嫌味な噂話を言っている。

「あらまー。それでは添い寝姫ではございませぬか」

「御渡りがあったにもかかわらず、添い寝だけなど」

馬鹿にしたような会話に、口を挟もうとするお品を倫子が慌てて制する。そんなふたりを見ながら、「これ、無礼であろう」と高岳が愉しげに夜霧と朝霧をたしなめる。倫子へと視線を移し、高岳は軽く頭を下げた。

「これはこれは失礼仕りました、添い寝姫様。あ、これは失敬。御台様」

「！」


お知保が久しぶりに実家を訪れると、母の房子《ふさこ》は床についていた。家の中も昔に比べると、ずいぶん荒んでいるように見える。お知保は、眠る母に寄り添いながら「何があったの？」と妹のお加代《かよ》に訊ねる。

「一部の商人たちが商いを独占するようになり、物の値がどんどん上がって、父上の俸禄《ほうろく》だけでは生活できなくて……」

「うん……」

「家族みんなで内職をしていたのですが、先日使用人たちが……米も銭も、姉上からの仕送りも、すべて奪い去ってしまって……」

そんな……。

「父上は銭を貸してくれそうなところを回っています。母上は心労から……」

お知保は母のやつれ果てた顔を悲しげに見つめる。

「姉上……家に戻ってきてくれませんか？」

「え？」

「母上の看病や弟たちの世話や……私ひとりでは……」

すがるような妹から思わず目を逸らすも、次に視界に飛び込んできたのは長いこと掃除もされず散らかり放題の部屋のありさまで、お知保は途方に暮れてしまう。


御座之間の隣にある御仏間で、家治と倫子が仏壇に手を合わせている。先祖へのお参りを終え、家治が立ち去ろうとしたとき、「上様」と控えていた松島が声をかけた。

家治が足を止め、松島に目をやる。

「僭越《せんえつ》ではございますが、上様にお願いしたき儀がございます」

「なんだ？」

「側室を設けていただけないでしょうか」

倫子は目を見開き、松島を見た。高岳も驚き、「場所柄もわきまえず、何を！」と松島をたしなめる。

「ご無礼は承知の上。将軍家の御為《おんため》、身命《しんめい》を賭《と》してお願い申し上げております」

そう言って、松島は畳にこすりつけるように頭を下げる。

「……面《おもて》を上げよ」

松島が顔を上げ、倫子も戸惑いながら家治の答えを待つ。

「子などいらぬ」

「!?」

「それゆえ、側室は必要ない」

踵を返した家治の背に、松島が問う。

「なにゆえにございますか?」

「……」

「上様は……神君家康《しんくんいえやす》公以来受け継がれてきた将軍家の御血筋を、絶やされてもよいとおっしゃるのですか!?」

しかし、家治は答えることなく去っていった。

※

部屋に戻った倫子が御仏間での出来事をお品に語っている。

「上様がそのようなことを……」

「どうしてか……」

お品には一つ、思い当たることがあった。

「……もしや、あのことが……」

「あのこと？」

「あくまでも女中たちの噂話ですので、真か否かはわかりませぬが……」

「構わぬ。教えてくれ」

「……上様の父上、家重公はとにかく女癖が悪く、上様の母上、お幸《こう》の方様《かた》との関係は冷え切っていたそうなのです。そして、ある日突然、家重公がお幸の方様を牢に閉じ込めてしまったそうで……」

「牢に？」

顔をこわばらせる倫子にうなずき、お品は話を続ける。

座敷牢に幽閉されたという事実がお幸の心と体を蝕《むしば》み、彼女はすぐに体調を崩した。しかし、ろくな食事も与えられずに放っておかれ、具合はどんどん悪化していく。ついには毎日のように様子を見にきていた息子の竹千代の前で、意識を失ってしまった。

仰天した竹千代が祖父の吉宗に必死に訴え、ようやくお幸は牢から出されたのだ。

「そうして、吉宗公により助け出されたそうなのですが、お幸の方様は牢にいた間ろくに食事も与えられず、体を壊してしまったそうで……」

「……まさか」

お品が倫子に向かって哀しげにうなずく。


将棋盤を前にした家治は父のことを考えていた。

将軍家の血筋を絶やしてもよいのかと田沼に詰め寄られたが、このような呪わしい血筋など絶えたほうがよいのではないかと思う。

父に座敷牢に閉じ込められてから一年も経たず、母は亡くなった。

白い布をかけられた母の亡骸《なきがら》の前で涙に暮れていると、父がやってきた。父は横たわる母を一瞥《いちべつ》し、鼻で笑った。

「死んだか」

それだけ言うと、背を向け、去っていった。

「……ですから、もしかしたら上様は……」

お品の言わんとすることを倫子も察した。

「愛のない親のもとに生まれた苦しみをご存じだから……あのようなことを?」

「もしそうなら、お寂しい方ですね」

「……ここに来たとき、家族にもう会えないと言われて、どうして私だけがと思っていた。だが上様は……もっとお辛い思いをされてきたのかもしれないな」

そう言って、倫子は家治からもらった方位磁石を手に取り、見つめる。


長局の一室で昼食をとりながら、お平、お玲、そして昭島が噂話に興じている。

「御台様が……添い寝姫!?」

お玲が入手した新たな醜聞にお平は眉をひそめるも、その目は好奇に輝いている。

「はい。御渡りがあったにもかかわらず、お手が付かなかったとか」

「このままでは、お世継ぎは望めないかもしれませんねぇ」と昭島が返す。

「その場合、どうなるのです?」

お玲に訊かれ、「これを見よ」と昭島はある巻物を取り出し、それを広げる。記されていたのは将軍家の家系図だった。

指で図を示しながら、昭島が説明していく。

「将軍家と血縁関係にあるお家から次期将軍候補が選ばれます。尾張、紀伊、水戸の御三家はもちろんのこと、八代将軍吉宗公の血を引く田安、清水《しみず》、一橋《ひとつばし》のご子息も候補として有力であろう」

広範囲に枝葉を伸ばす家系図を見て、お平がつぶやく。

「こんなに候補がいたら、お家同士で争いになりそう……」

「私の一押しは、この田安家ですが」と昭島が指さす。

「なぜです？」

「ご子息の定信様は、それはもう色男で。上様に引けを取らず文武両道、頭脳明晰とのお噂！」

頬を赤らめながらの昭島の説明を聞き、「まあ」とお玲も目を輝かせる。

「しかし、それがかえって仇《あだ》となったのであろう……」

一転表情を曇らせ、昭島は続ける。「家治様のお立場を脅かす存在として敵視され、今は御三卿《きょう》の外に養子に出されてしまったのです」

「まあ……」

「ほんに惜しいお方よ……」

その頃、定信は父の宗武のもとを訪れていた。田安家の座敷で向き合い、手に入れたばかりの情報を父に伝える。

「大奥に忍ばせている隠密の話によりますと、上様はお子をお作りにならぬと仰せのようで」

「なに？」

「御台様はそのことで周囲に蔑まれているそうで、お気の毒に存じます」

「そちはたしか昔、御台様と親しくしておったな」

「はい」と定信はうなずいた。

「あちらはすっかりお忘れのようでしたが……」

婚礼の儀の際の倫子の反応を思い出し、定信は複雑な感情に口元を歪ませた。

翌日。退屈そうに将棋盤に向かっている家治に対座し、武元が語りはじめる。

「長崎奉行の石谷清昌《いしがやきよまさ》殿より、ご報告がございます。出島より来訪したオランダ商館、ティチングなる者が上様に御目通りを願い出ているそうにございます」

駒を持つ家治の手が止まった。

「オランダ？」

興味を示す家治を見て、すかさず田沼が武元に告げる。

「お断りください」

家治が鋭く田沼を見つめる。動じず田沼は家治に言った。

「異国の輩《やから》はむやみに開国を願い出るだけでなく、礼節を欠き、どのような無礼を働くかわかりませせぬ。上様が直接お会いになるなど……」

田沼を無視し、家治が武元に訊ねる。

「ティチングとはどのような人物だ？」

「！　それは――」

「関わりのないことにございます」とすかさず田沼がさえぎり、武元に強い視線を走らせる。「このような無駄話で上様の貴重なお時間を割くのはいかがなものかと」

どうにか怒りを抑え、武元は頭を下げた。

「失礼仕りました！」

家治がにらみつけるも田沼は涼しい顔をしている。

「……」

むしゃくしゃした気分をどうにかしようと家治は木刀を手に取り、部屋を出た。御仏間の前を通りかかったとき、仏壇の前で手を合わせる倫子の姿が目に入った。その真剣な表情が気になり、家治は中へと入っていく。

「何をしておる？」

「上様……！」

倫子は慌てた素振りで話しはじめる。「これはその……もうすぐ上様の母君の命日だと伺いましたので、少し早いですが供養をと思いまして……」

よく見ると、仏壇には真新しい花が供えられている。

「……なぜ、そなたが」

「……それは……」

言葉を探しつつ、倫子が答える。

「夫婦《めおと》……ですので」

虚をつかれたように家治は倫子を見つめた。

気まずい沈黙がしばし続き、家治は何も言わずに踵を返した。

去っていく家治を見送り、倫子はわずかに肩を落とす。

「……」

通用門の前でお品が猿吉に、「これ以上倫子様が蔑まれるのは我慢なりません」と憤《ふん》懣《まん》をぶちまけていた。「どうすれば添い寝のその先へ行けるのでしょうか?」

いきなり高貴な方の閨《ねや》の相談をされても困ってしまう。

「それはいかにも難儀ですねぇ……」

猿吉が考え込んでいると、門を抜け、貞之助が出勤してきた。

「あ!」

お品も気づき、会釈する。

「どうも」と貞之助が微笑む。「先日は切手を拾っていただき、ありがとう存じます」

「いえ。無事にお返しできて、よかったです」

「失礼ですが、名はなんと?」

「え?」

戸惑いつつお品は答えた。

「品にございます」

「ちょっとお役人さん」と猿吉が割って入る。「奥女中を口説くなど御法度ですぞ！」

「口説いてなどおりませぬ」

猿吉に憮然と返すと、貞之助はふたたびお品を見つめた。

「少しばかりお礼をと思いまして。何か好物はございますか？」

その優しい眼差しにお品の胸が高鳴る。

「き、きんつばが好きにございますが……」

「きんつばですか。わかりました。楽しみにお待ちください」

さわやかな笑みを残し、貞之助は去っていった。

「なんだ、あいつ……」

ムッとする猿吉の隣で、頬を朱に染めたお品が小さくなっていく貞之助の背中を見送っている。


お知保とお加代が散らかった部屋を片づけている傍らで、弟ふたりがお知保の作った菓子を食べている。

「美味しいです！」

夢中で頬張る弟たちにお知保は目を細める。

「袖も直していただき、ありがとう存じます」と次男が着物の袖をかかげ、礼を言う。

「うん」

「なんでもすぐにできてしまうのですね。すごいです」とお加代がまぶしそうにお知保を見つめる。

「大奥に奉公すれば、このくらいできるようになる。教養も身につくし、悪いことばかりじゃないのよ」

「……しかし大奥には、お高くとまっているおなごが多いのでしょ？　姉上は争いごとなど苦手ではないですか……」

心配する妹に、「大丈夫」とお知保は笑みを向けた。

「私には夢があるから」

「夢？」

「誰よりも偉くなることよ。偉くなればおなごでも高禄《こうろく》を頂けるようになる。家族みんながお腹いっぱいお米を食べられるようになる。悔しいけど、この世は生まれがすべてなの。私はそれを大奥で嫌というほど見てきた」

「……」

「高貴な家に生まれたお方は欲しいものが簡単に手に入る。けれど貧乏人が幸せになる

ために は、必死に努力して、たとえ誰かを蹴落とそうとも偉くなるほかないの……」

姉の言葉にどこか無理を感じ、お加代は言った。

「そこまでする必要があるのですか？　私は……たとえ貧しくとも、姉上と一緒に暮らしたいです」

「お加代……」

「家族ではないですか」

「……」

※

昼八つ、菓子を載せた盆を持ったお平が、倫子の部屋を訪れた。

「本日のお菓子は栗入りのきんつばにございます」

「お品の大好物じゃない」と倫子が嬉しそうにお品を振り返る。

「はい」

お品の顔にも笑みがこぼれる。

倫子は小さいほうを手に取り、「どうぞ」と大きいほうをお品に渡す。

「いいのですか?」

「もちろん」

「ありがとう存じます」

さっそく食べはじめたふたりをうらやましそうにお平が見つめる。

「美味しい」と倫子が顔をほころばせたとき、お品は眉間にしわを寄せた。すぐに激しく咳き込み、口から何かを吐き出す。

「お品!?」

お品の手に吐き出されたのは黒の碁石だった。

「どうして、こんなものが……」と倫子が手に取る。まだ苦しげにえずいているお品を見て、お平は慌てた。

「わ、私がお毒見したときにはなんの問題も……」

碁石を見つめながら倫子はつぶやく。「誰かが入れたとしか考えられない……」

すぐにお平に命じた。

「菓子作りに関わった者たちを全員お呼びください」

倫子の言葉にお品はハッとした。

「全員です」

「しょ、承知仕りました！」

「御台などしょせんは諸大名に威光を示すために置かれたお飾りの捨石。立場をわきまえろという話です」

忌々しげに高岳が碁盤に黒石を打つ。

「あの清廉潔白であるかのような物言いが鼻につきましてございます」と朝霧がうなずきながら、白石を打つ。

「ほんにその通り。何が誹りをなくすじゃ。そのうち黒く汚れてゆくであろう」

不敵に笑い、高岳は黒石を打つ。急所を攻め込まれ、朝霧の口から声が漏れる。

どうやら今日の勝負も高岳の勝ちで終わりそうだ。

いっぽう、中奥の一室では松島が田沼に、「このようなものが町に出回っているそうです」と一冊の滑稽本を差し出していた。表紙には『田沼将軍』と題名が記されている。

「そなたが賄賂《わいろ》で出世を果たし、上様までをも言いなりにしているとか」

興味深げに頁をめくり、田沼は鼻で笑った。

「好きに言わせておけ」

「裏で宗武殿が風来山人《ふうらいさんじん》という作家を雇い、書かせたとのお噂も」

「……」

「そなた、相当恨まれておいでのようですね。もし、上様にお子ができなければ、あの者たちの思うつぼかと」

「案ずるな。それより『田沼将軍』、よい見出しだな」

のんきに笑う田沼に、松島は苛立ちと焦りを禁じ得ない。


まずは現場に居合わせたお平から、倫子の聴取ははじまった。

「私は毒見を担当しただけにございます！」とお平は激しく頭を振って、自分の仕業などではないと訴える。「お運びする前に三つほど食べましたが、どれも異物など含まれておりませんでした！」

「三つも食べたのですか？」と倫子は驚く。毒見役が誰よりも多く食べているとは……大奥恐るべし。

考え込むように黙ってしまった倫子を見て、お平は焦って言い訳する。

「み、御台様の御命をお守りするためにございます！」

お平が退出し、入れ替わるようにお玲がやってきた。倫子から事情を聞くと、お平と同じように必死に自分の無実を訴えはじめる。

「私は表の御膳所から届いたきんつばをお皿に盛りつけただけにございます！　そのわずかな間に異物を入れるなど……無理にございます！」

どうやら嘘は言ってないようだ。

男を私室に入れるわけにはいかないので、御膳所の者たちの話は謁見《えっけん》の間で聞くことにした。

最初に倫子とお品の前に現れたのは、御台所頭《おだいどころがしら》の奥田隆盛《おくだたかもり》だった。

平伏した奥田が顔を上げると、倫子はさっそく訊ねた。

「奥田殿。そなたが菓子作りを？」

「いえ。私は指示を出しただけにございます。実際にこしらえましたのは別の者でして。その者が本日の菓子はきんつばがよいのではないかと進言も……」

まさか……とお品は胸に手を当てた。

「その方の名は？」

「葉山貞之助にございます」

やっぱり、あのお方が……。

お品の不安などつゆとも知らず、倫子は次に貞之助を呼んだ。

顔を上げた貞之助に倫子が訊ねる。

「あのきんつばは葉山殿が作ったそうですね」

「……はい」

息を詰めてお品が見守るなか、貞之助は畳に頭をこすりつけた。

「申し訳ございませぬ！」

「!?」

「異物を混ぜ入れるなど……断じて許されることではございません。どのような経緯であろうと、責任は某にございます。どうぞ……御手打ちに」

「御手打ち!?」とお品が悲鳴のような声をあげる。

伏したままの貞之助を倫子がじっと見つめている。

「この大奥では御台様の御口に入れるものに何か大事があれば、御手打ちにされる決まりですので……」

「そんな……」

絶句するお品とは対照的に、倫子は平然とうなずいた。

「そうですか。決まりならば仕方がないですね」

「倫子様!?」

詰め寄ろうとするお品を制し、倫子は続ける。「今日かぎりで御役目を終えられたと思って、これからは私に仕えていただけませんか？」

「？……」

「私の膳の管理を、そなたとここにいるお品にすべて任せたいのです」

「!?」

「こうして直接お会いして、謝罪の意を示してくださったのは葉山殿だけでした。そなたのことは信用できます」

貞之助は唖然と倫子の言葉を聞いている。

「まさか、そのためにお調べを？」

倫子はお品にうなずいた。お品の顔に笑みが広がる。

「引き受けてくださいますか？」

我に返り、貞之助がふたたび頭を下げる。

「もちろんにございます。ありがたき幸せ」

倫子とお品は安堵の表情で顔を見合わせた。

「お品殿」

顔を上げた貞之助がお品に目を向けた。

「このちは御台様にいただいた大役をしかと務めていく所存にございます。何卒《なにとぞ》お力添えいただけますか？」

「もちろんにございます」

「ありがとう存じます」

貞之助に笑みを送られ、お品の胸が高鳴る。

そんなふたりを倫子が微笑ましく見守っている。

「でも、この碁石は一体誰が……」

我に返ったお品がつぶやき、倫子も袂《たもと》から碁石を取り出した。

「確かなのは……私を忌《い》み嫌う者たちが、ここには大勢いるということよ」

黒い石を見つめる倫子の中に虚しい思いが募っていく。


「これで少しはおとなしくなるであろう」

御台所頭の奥田に銭を渡し、松島は釘を刺す。

「他言無用ぞ」

「はい。しかし、まさか小さいほうをお選びになるとは……」

銭を受けとりながら、奥田はきちんと命を果たせなかったことを謝罪する。

お付きの女中に大きなきんつばを譲ったことで倫子は難を逃れたと聞き、松島は忌々しげに顔をゆがめた。

「あのようなおなごが一番目障《めざわ》りじゃ……」

ふいによみがえった若き頃の苦い記憶が松島を苛む。

目の敵にされていた御中臈から熱湯をかけられ、ひどい火傷を負ったこともあった。

体に残った醜い痕は、松島の心に大奥がどういう場所なのかを刻みつけた。

ここは鬼だらけ。

鬼にならねば、生きてはいけぬ……。

※

夜深くになっても寝つけず、家治は寝衣のまま考えにふけっていた。

側室を設けろという田沼や松島の圧は日に日に強くなっている。

徳川家の安寧《あんねい》のためには、自分が世継ぎをなすことが一番だということは頭ではわかっている。

しかし、心がそれを強く拒絶する。

葛藤する家治の脳裏に、仏間で亡き母に手を合わせていた倫子の姿がよみがえる。

『なぜ、そなたが』

そう問うと、倫子は答えた。

『夫婦……ですので』と。

家治はトンボ柄の懐紙入れを取り出し、じっと見つめた。

「……」


音を立てずに慎重に襖を開くと、かすかな寝息が聞こえてきた。

朝霧は眠る倫子に忍び足で近づき、布団の中に何かを入れた。ふたたび忍び足で部屋から逃げ去っていく。

足もとで何かがうごめく気配がして、倫子は目を覚ました。

「……?」

何かいる……?

倫子は身を起こし、布団をめくる。

とぐろを巻く蛇の姿が目に飛び込んできた。

「きゃあああ」

悲鳴を聞きつけ、お品が飛び込んできた。部屋の隅で震える倫子が寝床を指さす。はだけられた布団の上に蛇がうごめいていた。

「誰がこんな……」


その頃、朝霧からの報告を受け、高岳は高笑いしていた。

「添い寝姫には添い寝蛇じゃなー」

平伏する朝霧に言い聞かせるように強い口調で告げる。

「この大奥で清廉潔白になど生きられるはずがない。しかと思い知るがよい」


忙しない足音が廊下を行き来するのを耳にし、家治は部屋を出た。

「何があった？」

いきなり寝衣姿の家治が現れ、居合わせた役人が慌てて平伏する。

「御台様のお部屋に蛇が出たそうにございます」

「蛇だと？」

「何者かが持ち込んだようで……念のため、見回りを」

「……」

「これでは、夜も安心して眠れない……」

疲れたように肩を落とす倫子にお品が言った。

「私の部屋で一緒に寝ますか？」

「そんなことをすれば、またお品が……」

「……」

「次から次へと……」と倫子は唇を噛む。「歯向かえば、また大きな矢が飛んでくる。どうしたらよいものか……何もできず、情けないな」

「倫子様……」

そのとき、いきなり襖が開いた。

現れたのは、家治だった。

「え!? 上様!?」とお品が絶句する。

「どうして……」

驚く倫子に家治は言った。

「明日の夜、待っておれ」

「?……」

「あの部屋なら蛇も出なかろう」

「！」

それだけ言うと、家治は去っていった。

どうして上様が……。

戸惑いながらも、倫子の胸はどうしようもなく高鳴る。

そんな倫子をお品が嬉しそうに見つめている。


「今宵もまた御渡りだと!?」

高岳の怒声を浴び、朝霧はおののきながら廊下の端に平伏した。

「はい」

「なぜじゃ……」

そこに松島が歩いてきた。高岳の前で足を止め、言った。

「蛇を仕込んだのはそなたか？」

「はて、なんの話でしょう？」と高岳がとぼける。

「上様はああ見えてお優しいお方。蛇が出たことでおふたりの仲が近づいたのでございましょう」

「!?」

松島は高岳に顔を近づけ、鋭くにらみつける。

「余計なことをするな、浅知恵が」

「！」

去っていく松島を、きりきりと歯をきしませて高岳は見送った。


その夜、御寝所で倫子は家治を待っていた。不安なはずなのに、なぜか胸を打つ心臓の音はいつもより高く、喜びが含まれている気がする。

倫子は家治からもらった方位磁石をじっと見つめる。

「上様のおなりにございます」

御坊主の声と同時に襖が開き、家治が入ってきた。寝衣に羽織をまとったその姿に怪訝な眼差しを向けると、家治が言った。

「外に出よ」

「え……?」

庭に出たふたりは池のほとりまでゆっくりと歩く。夜空にはいくつもの星が瞬き、月は水面にその姿を浮かべている。

家治が星空を見上げ、倫子もならう。

「綺麗ですね……」

「この城は狭い。だが、空は高い。見上げれば、悩みなどちっぽけに感じる」

倫子は隣に立つ家治へと視線を移した。

「……もしかして、励ましてくださっているのですか？」

ばつが悪そうに顔を背ける家治のことが無性に愛しく感じてしまう。倫子はふわっと微笑んだ。

「この空は遠い異国ともつながっておる。海を渡る者たちは、船の上から星を読み、我が国にやってくるのだ」

「……お詳しいのですね」

「学問だけは幼い頃より叩き込まれてきたからな。だが……まったく足りておらぬ」

「？」

「鎖国《さこく》を強いているせいで、この国は天文学、地理学、医学とあらゆる面で遅れをとっておるのだ」

悔しげに口を結ぶ家治に、倫子は言った。

「でしたら、もっと諸外国と交流を持てばよいのではないですか？」

「何を言う。できるはずがなかろう」

「なぜです?」と倫子は不思議そうに家治を見た。「上様は天下人。これからいかようにもこの国を変えられるではないですか?」

あまりにも簡単に言うので虚をつかれた。家治は思わず倫子に目をやる。好奇心に満ちた純粋な瞳が見返してくる。

「上様はここをどうされてゆきたいのですか?」

「……この国は今、子供の数がどんどん減っている。度重なる天変地異で、子を産み、育てる余裕などないのであろう」

「……」

「だからわしは、この国をもっと豊かにしたい。日々の暮らしだけではなく、学問もだ」

「学問……?」

「教養のないものが増えれば、何か事が起きたとき、頭や言葉を使わずに暴力をふるうようになる。そうなれば、戦のあった世に逆戻りだ」

「……」

「だからわしは、身分によって分断される世ではなく、もっと子が自由に学べる場所を作りたい。そして各々が身につけた知識を持ち寄ることで、ともにこの国を豊かにしていきたい。それが……わしの目指す国づくりだ」

冷めた眼差しの、その奥に秘められた熱い思いに、倫子は感動してしまう。

「……素敵です。素敵な夢です」

「そなたに、夢はないのか」

「大それたものは……。けれど、根っこの部分では、上様と同じかもしれません」

「？」

「生まれや立場によって線を引かれる日々に窮屈しておりまして……。もっとおなごが色とりどりに生きられたらいいのにと願っております」

倫子は袂に入れたままにしていた黒石を取り出し、見つめる。

「まあ、難しいのかもしれませんが……」

「……」

ふいに家治の手が伸び、倫子から黒石を奪った。

「!?」

それを池に向かって放る。ポチャンと水音が鳴り、静寂が訪れる。

家治は倫子を見つめ、言った。

「そなたは……そのままでいろ」

「……」

「好きに生きろ」

「！……」

家治は倫子に優しく微笑む。

初めて笑顔を向けられ、倫子はどうしようもなくときめいてしまう。

「はい……」

※

夜が明けるやすぐに目を覚ましたお知保は、自分を囲むように雑魚寝している弟妹たちを見下ろした。

どんな夢を見ているのか、皆かすかな笑みを浮かべている。眠っている間だけは、空腹からも日々の苦労からも解放される。

そんな弟妹たちの寝顔を見ながら、申し訳なさに心苦しくなる。

お加代の頭を優しく撫で、お知保はつぶやく。

「ごめんね。偉くなりたいことには、本当はもう一つ理由があるの……。私にはずっと好きな人がいて……そのお方の目に留まるためには、偉くなるしかないの。だから私は……大奥に戻ります」

お加代の枕もとに銭の入った小袋を置き、お知保は静かに家を出ていく。戸が閉まる音が聞こえたとき、お加代はゆっくりと目を開けた。

薄紫の空の下、寝静まった町をお知保が歩いている。家から離れるにつれ、お加代への罪悪感が募っていく。それを振り払うようにお知保は足を速める。

そのとき、背後から声が聞こえた。

「姉上！」

振り向くと、お加代が駆けてくるのが見えた。

「お加代……」

足を止めたお知保の前に立ち、お加代は言った。

「姉上と一緒に暮らせないのは寂しいですが……それでも私は、姉上の気持ちを大事にしたいです。家のことなら任せてください！」

優しく、頼もしい言葉に鼻の奥がつんとなる。お知保はお加代を抱きしめた。

「ありがとう……」

「必ず、偉くなってくださいませ。約束です」

「うん……」

畳に敷いた毛氈《もうせん》の上で、半紙に向かって家治が筆を走らせている。描かれているのは学問所で学ぶ子供たちの姿だ。大勢の男児の中に女児の姿も混じっている。

下絵を描き上げると、家治はそれぞれの着物に違った色を載せていく。朱、藍、緑、黄色……静かな学問所が活気に満ちはじめたような気がして、家治は嬉しくなる。

このような光景を己《おの》が手で実現させることができたなら……。

「失礼仕ります」

不躾な田沼の声が家治を現実へと引き戻した。家治は筆を置き、振り返る。

「……なんだ？」

「側室の件、考えていただけましたでしょうか？」

またその話かと家治はうんざりする。しかし、その心持ちは以前とは少々違っている。

「お世継ぎをつくることは、将軍のしかるべき責務にございます」

畳みかける田沼に、家治は言った。

「何度も言わせるな。側室は必要ない。わしには……御台がおる」

思いもかけず飛び出した言葉に家治は内心で驚く。しかし、田沼は鼻で笑った。

「恐れながら、長い将軍家の歴史において公家から嫁がれた正室は子をなした例はございませぬ。なにゆえかはおわかりのはず。公家の者どもが政に関与することを防ぐため、暗黙にその血が混ざらぬよう配慮してきたからです。もし上様が御台様とのお子をなせば、そのお子は争いの種となるでしょう」

「……」

「側室を設けてくださいませ」

「……断る」

田沼は家治ににじり寄ると、家治の手元の絵を取り、それを破り捨てた。

「何をする!?」

「お忘れか？　そなたが今日将軍でいられるのは、誰のおかげじゃ！」

「!……」

田沼は古い扇子を家治の首筋に当て、耳もとでささやく。

「なあ、竹千代」

家治の目からすっと光が消えた。

翌日の昼四つ、御座之間に大奥の女たちが集められた。

「このような刻限に集まれなど……」

「なんでしょうかね？」

列の後ろで昭島とお平がささやき合う。

倫子もよくわからないまま、いつもの御台所の位置に座っている。

襖が開き、家治が入ってきた。女たちの視線がその一身に集まる。

着座し、家治はおもむろに口を開いた。

「本日はわしより報告があり、集まってもらった」

ひと呼吸置き、家治は話しだす。

「オランダ商館長のティチングを城に招き入れることにした」

「！」

女中たちの間にみるみるうちに動揺が広がっていく。

「異国の者を？」

「このお城に!?」

ざわめきのなか、家治は続ける。

「もっと海の向こうに目を向け、知見を広げるためだ。そなたたちにももてなしなど力を貸してほしい」

恐れ多い言葉に、女中たちは驚きの表情で家治を見る。

倫子は嬉しい思いでいっぱいだった。

上様はついに自らの足で一歩を踏み出されたのだ。

そのとき、家治が倫子を見た。目が合うと、家治は倫子にうなずいてみせる。

「!」

倫子も笑顔でうなずき返す。

家治との間に確かな絆が生まれるのを倫子は感じていた。

「私からもご報告があります」

凛《りん》と響き渡る松島の声に、座敷の空気が変わった。

松島の後から入ってきたのは美しい着物を身にまとったお知保だった。倫子を横切り、家治の手前に着座する。

「?」

「此度、上様の側室におなりあそばされました、お知保様にございます」

松島の言葉に女中たちがふたたびざわつきはじめる。

「なんですと!?」

高岳は仰天し、倫子は言葉を失っている。

そんな一同を見渡し、松島は勝ち誇った笑みを浮かべる。

すでに覚悟を決めたのか、お知保は凛とした表情で上座についている。

動揺した倫子は、すがるように家治を見る。

しかし、家治は前を見据えたまま身じろぎもしない。

以前と同じ冷めた目に、倫子はついさっき結ばれたと感じた家治との絆は自分の幻想だったのだと思い知らされるのだった。

4

御鈴廊下で家治を迎える大奥の女たちの序列に変化が訪れた。家治のあとを御台所の倫子が歩くのは同じだが、そのすぐ後ろにお知保が続くのだ。

後塵《こうじん》を拝した高岳は悔しさを隠しもせずにお知保をにらみ、朝霧と夜霧の目にも敵意がにじむ。

いっぽう、まんまと子飼いのお知保を側室にあてがうことに成功した松島は、勝ち誇った顔でしんがりを進む。

廊下の隅に平伏したお品は心配そうに倫子をうかがう。

女たちのさまざまな思惑が交錯する長い廊下を、倫子は空虚な心で進んでいく。

部屋に戻ってお品とふたりきりになると、倫子の口から愚痴がこぼれた。

「子はいらぬと仰《おお》せであったのに……」

「将軍としてのお立場を考えてのことではございませんか?」

「だからって、なにゆえお知保殿を……」

倫子の顔が哀しげにゆがんでいく。

「私では……嫌やということか……？」

うつむく倫子を、「心配には及びません」とお品が強い口調で勇気づける。「お知保殿はあくまで側室。正式な妻は倫子様です」

そこに朝霧がやってきた。

「今宵、上様の御渡りがあるそうにございます」

倫子の顔がパッと輝く。それを見てから、朝霧は告げた。

「お相手はお知保様とのことです」

「！……」

肩を落とす倫子を心配そうにお品が見つめる。

家治の前に対座し、田沼は丁寧に頭を下げた。

「此度は賢明な御判断をありがたく存じます。お知保殿はどこか上様の母上・お幸の方様に似た雰囲気をお持ちで、将軍生母にふさわしい器のお方と」

「……これで満足か？」と家治は田沼に冷たい目を向ける。「人を脅し、従わせ……そなたには人の心がないのか？」

家治の問いを田沼は満面の笑みで受ける。

「はて？　そんなものでこの将軍家を守れるのでしょうか？　天下泰平の世を保てるのでしょうか？」

「……」

「お世継ぎの誕生を心よりお待ち申し上げております。亡き母上のためにも」

田沼に母の名を出されるたび、昏い記憶の蓋が開く。

母が亡くなったとき、遺言を預かったとこの男に連れていかれた場所は、臭く狭い牢屋だった。

牢の中には薄汚い男が横たわっていた。髪や髭は無造作に伸び、汚れた体に襤褸《ぼろ》をまとっている。すえた臭いが鼻につき、竹千代は思わず顔をしかめる。

垢で黒くなった顔のなか、目だけが爛々《らんらん》と輝いていた。

その目が自分の姿をとらえ、竹千代は魅入られたように動けなくなる――。


長局の一室で、呉服屋の商人が部屋いっぱいに反物を広げている。集まった女中たちが周りを囲み、あれでもないこれでもないと楽しそうに生地を選んでいる。もちろん、お平、お玲、昭島の三人の姿もある。

「どれにしましょ～。待ちに待った代参《だいさん》なのですから、お洒落しないと！」

「まこと城の外に出られるのですか？」と奥に入って間もないお玲が昭島に訊ねる。

「ええ、そうよ。将軍家や幕府とゆかりのあるお寺を参拝して回るのです。でも……」

と昭島は声をひそめた。「本当のお目当ては、そのあとに立ち寄る歌舞伎よ」

すかさずお平が贔屓《ひいき》の役者・中村幸治郎《なかむらこうじろう》が描かれた団扇《うちわ》を取り出す。

「幸治郎様のお芝居を生で拝めるなんて！」


家治のもとを松島が訪れている。そばには倫子とお知保も控えている。

「まもなく増上寺代参の時期にございます。通例通り、お忙しい上様、御台様に代わり、我々奥女中が代参を務めさせていただきます」

「相《あい》わかった」

家治が松島にそう返すと、すかさず倫子が口を開いた。

「私も、ともに参らせていただきます」

「!?」と松島が倫子を振り向き、お知保も鋭い視線を向ける。

動じず、倫子は思いを語る。

「将軍家の御先祖様にご挨拶して回ることは、御台所の大事な公務であると心得ます」

「恐れながら、御台様が外に出向くなど前例のないことにございますれば、ここは一つ我々に」と松島がやんわりと断る。

そのとき、家治が口を開いた。

「御台、頼んだ」

「！……はい」

嬉しそうにうなずく倫子を見て、お知保の中にむくむくと強い嫉妬がもたげてくる。


倫子が増上寺の代参に出向くことが決まると、お品は貞之助を訪ねた。炊事場を出た貞之助が通用門の前でお品の話を聞いている。

「白みそ煎餅？」

「はい。代参の折に持っていこうと思うのです。倫子様の大好物でして」

「左様にございますか。白みそか……」

考え込む貞之助を見て、お品は少し不安になる。

「……江戸のみそだと難しいですか？」

「いえ。心得ました」

安堵し、お品の表情がゆるむ。

「ありがとう存じます」

そこに大きな荷物を背負った商人たちがやってきた。貞之助はさりげなくお品を抱き寄せ、道を空ける。

ふいに肩に置かれた手の温もりに、お品はドギマギしてしまう。


昼食を終えた倫子がお品を連れて廊下を歩いていると、向こうからお知保がやってくるのが見えた。

距離が近づくや、お知保は供のお菊に命じる。

「しかと支度を頼みましたよ。今宵は御渡りがあるのですから」

「承知しました」

聞こえよがしに……。

憮然とする倫子に、すれ違いざまお知保がささやく。

「これより上様の夜伽のお相手は私にお任せくださいませ」

「！」

「ご苦労様にございました」

頭を下げ、毅然と去っていくお知保の背中を見送りながら、倫子は唇を噛んだ。

ついにこの時が来たのだ。

御寝所で家治を待ちながら、お知保は胸の高鳴りを抑えられない。

御簾越しに宿直《とのい》の朝霧が不機嫌な顔で待機している。

「上様のおなりにございます」

御坊主の声と同時にすっと襖が開いた。

「……」

部屋に入った家治はお知保の前に腰を下ろす。

間近で感じる想い人の息遣いにお知保の心臓が跳ねる。

その手が肩に触れたと思ったら、布団に押し倒されていた。

「！」

事に及ぼうとしたそのとき、枕屏風に描かれたトンボが家治の目に飛び込んできた。

「……」


倫子は眠れぬ夜を過ごしていた。

家治にもらった方位磁石を握りしめながら、今まで感じたことがない狂おしい思いに身を焦がす。

※

参拝を終えた倫子とお品が寺から出てきた。

「上様の分もしかとお参りできてよかったですね」

「うん」

控えていた僧侶に頭を下げ、ふたりは境内《けいだい》を歩きだす。

晴れ渡る空の下、にぎやかな景色が目の前に広がっている。数多くの出店が立ち並び、人々の弾む声が響いてくる。

「やはり外は気持ちいいなあ」

倫子はしみじみとつぶやいた。

出店の前には、朝霧、夜霧、昭島、お平、お玲など奥女中たちの姿もある。皆、競い合うように贔屓の役者たちの団扇や手ぬぐいなどを買い込んでいる。

「このの ち皆は歌舞伎見物に行くそうです。あのはしゃぎよう……」

あきれたように目を丸くするお品に、倫子が言った。

「久々に城から出られて、皆も嬉しいのであろう」

「そう言えば、お知保殿の姿が見当たりませんが……」

その名に倫子の表情に陰が差す。

「お品様！」

声に振り向くと、猿吉が駆けてきた。思わず添番《そえばん》が刀に手をかけ、「ひぃっ！」と猿吉は悲鳴をあげる。

慌ててお品が添番に言った。

「この者は私の知り合いです！」

「知り合い？」と倫子がお品を見る。

「以前お話しした五菜の猿吉です」

「ああ！」

猿吉が平伏し、倫子に挨拶をする。

「お初にお目にかかります。猿吉にございます！」

「お品がいつもお世話になっています」

「滅相もございませぬ。ありがたきお言葉！」

「猿吉、あれを持ってきてくれたのですね？」とお品が訊ねる。

「はい！」

猿吉が包みをお品に渡し、三人は近くにあった茶屋へと移動した。

縁台に腰かけるとお品はさっそく包みを開いた。現れた白みそ煎餅に、「わぁ……」と倫子が声を漏らす。

「白みその香り……」

「葉山殿に作っていただきました。お召し上がりください」

「ありがとう」と一枚手に取り、倫子がほおばる。

「ん〜！　美味しい！」

倫子の喜びの表情にお品も嬉しくなってくる。

「おふたりはこのあと、歌舞伎見物に？」

猿吉に訊かれ、「そのつもりよ」とお品が返す。

「どうかお気をつけください」と猿吉は声をひそめた。「江戸の男どもはおなごを口説《くど》く際にお尻をつねったり、袖の中に恋文を入れてきたりしますゆえ」

「え!?」

「そうなのか？」

倫子が興味を示したとき、遠くのほうから声をかけられた。

「こんなところでお休みですか」

やってきたのは定信だった。

「あ、さっそく現れたな」と猿吉が警戒する。

「あ……」

「ご無沙汰しております。御台様」と定信が倫子に頭を下げる。「代参の時期ですので
こちらに来れば御台様にお会いできるかと思いまして」

「おい、その方！　御台様を口説くなど御手打ちですぞ！」

「そうです！　お尻をつねったりしたら承知しません！」

倫子をかばうように猿吉とお品が定信の前に立ちふさがる。

「？」

慌てて倫子がふたりに言った。

「大丈夫。このお方は上様の従弟の松平定信様です」

「え⁉」

「またの名を賢丸《まさまる》と申します」

定信の口から出た名前に聞き覚えがあり、「賢丸……？」と倫子は考える。すぐに遠い日に出会った少年の顔が脳裏に浮かんできた。

「え!? 賢丸なの?」

「いかにも。思い出してくださいましたか?」

倫子は驚き、言葉が出ない。

わけがわからず、「えーと……?」とお品がふたりをうかがう。

「賢丸よ!」と倫子はお品を振り向いた。「覚えてない?」

「一時、御台様と同じ浜御殿に仮住まいしておりました」

定信の言葉に、お品の脳裏にも幼き日の景色が浮かんできた。トンボを追いかける倫子と一緒になって遊んでいる少年が確かにいた。

「ああ!」

「でも、どうしてお名前が? 松平と……」

「あれから養子に出されたのです」と定信が倫子に答える。

「そうだったの……」

「みなさま、お知り合いでしたか」と猿吉は安堵した。

「こうして久々にお会いできたのですから、少しだけ江戸の町をご案内しましょうか?」と定信が申し出る。

「……しかし」

「なりません！」とお品がさえぎった。「もし何かあったら……。それに添番の目もありますし……」

「あ！　浜御殿でお休みになっていることにしては？」と猿吉が助け舟を出す。

「猿吉まで……」

「添番の者どもには私がうまく言っておきます。そして御台様のことは、この命に代えてもお守りいたします」

思わず倫子は定信を見た。

そこまで言うならとお品もふたりで出かけることを承知した。

「倫子様、思い切り楽しんでらしてください」

「ありがとう」

「では、参りますか。倫子殿」

久しぶりに名前を呼ばれ、懐かしさに倫子の顔から笑みがこぼれる。

通詞《つうじ》を伴い家治の部屋を訪れた武元が、「オランダの書物を一式集めてまいりました」と荷を解き、持参した大量の書物を家治に見せる。

「こちらが天文学、こちらが地理学、本草学《ほんぞうがく》に医学でございます」

家治はすぐに手を伸ばし、頁をめくりはじめる。

「……これらをすべて、お読みになるのですか?」

本に視線を落としたまま、「ああ」と家治はうなずいた。

「なにゆえ、そこまで」

「……」

家治の心には倫子に贈られた言葉があった。

『上様は天下人。これからいかようにもこの国を変えられるではないですか』

まさに御台の言う通り。

己の心持ち次第でいかようにもできるはずだ。

家治は頻繁に通詞と会話を交わしながら、オランダ語の書物を真剣に読んでいく。


「上様はいずれ、そなたの言うことを聞く」

酒を飲みながら、松島は嫌みたらしく田沼に言う。

「そう言ってはおりませんでしたか?」

「何を言っておる。側室の件も算段通りお知保殿を……」

みるみる機嫌を悪くする松島の表情を見て、田沼は察した。

「まさか……うまくいかなかったのか？」

松島は手にした杯をあおり、苦い薬を飲んだかのように顔をしかめた。

当のお知保は部屋で本を読んでいた。しかし、昨夜の家治との閨のことがぐるぐると頭をめぐり、文字は目に映ったまま素通りしていく。

なぜ、上様は急に心変わりをされたのだろう……。

布団に押し倒されたと思ったら、次の瞬間、なぜか上様は体を離した。

「どうされたのですか？」

そう訊ねると、「疲れた。寝る」とだけ言って、背を向けてしまった。

そして、そのまま二度と口を開くことはなかった。

「……」

気を取り直し、己に言い聞かせるように松島は言った。

「御台に気を遣われているのやもしれませぬ。お優しい方ですから……」

ふんと鼻を鳴らし、「案ずるな」と田沼が返す。

「ですから、どこからその自信は来るのです？」

「わしは上様の闇を知っておるのだ」

そう言って田沼は不敵な笑みを浮かべる。

「大きな闇をな」

「?……」


武元から入手した書物を読み続けていたらさすがに目が疲れた。家治は書物から顔を上げ、目の周りを揉む。

手を離すと棚に飾られた徳川家の家紋、三つ葉葵が目に入った。

同時に血塗られた記憶がよみがえる。

それは田沼に連れていかれた牢屋での出来事だ。

襤褸をまとった薄汚い男が自分の目の前で斬られ、その血飛沫《ちしぶき》を浴びる。

「うわあああああああ」

今なお耳に残るこの世のものとも思えぬ悲鳴は、男があげたものなのか自分があげたものなのか……。

三つ葉葵の紋を見るたび、あの男の断末魔の顔がそこに重なる。

家治は男の顔を追い払うように家紋から目を逸らした。

※

茶屋で借りた町娘の格好をした倫子が、定信に連れられ町を歩いている。通りの両側にはさまざまな店が立ち並び、大勢の人々が行き交っている。

その賑やかさに倫子の胸は躍る。

「ずいぶん、栄えているのですね」

「ここは商売上手な商人が集まる大通りですからね」

小間物屋の前で足を止めた倫子は、店先に並んだ簪《かんざし》を思わず手に取った。

「可愛い……」

しかし、すぐに棚へと戻す。

「買わないのですか?」

定信を振り返り、倫子は言った。

「大奥では着けられそうにないので」

しかし、定信は棚からその簪を取り、店主に言った。

「これをください」

「はいよ」

銭を払い、戸惑う倫子を振り向いた。

「お似合いになると思いますよ」

そう言って、簪を倫子の髪に差す。

「ほら」

笑みを向けられ、倫子は嬉しそうにうなずいた。


店を離れた倫子は袋から白みそ煎餅を取り出し、歩きながら食べはじめた。

「お行儀が悪いですぞ」

軽い口調でたしなめる定信に、「一度やってみたかったの」と返し、倫子は新たな煎餅を差し出した。

「賢丸も食べる？」

「そうやって倫子殿と遊んだ日は、いつもお菓子を食べ過ぎて、あとで親に叱られておりました」

幼き日々を思い出し、倫子は笑った。

「懐かしいな……」

定信も微笑むが、その笑みにはどこか陰がある。

そこに薄汚い格好をした五、六歳くらいの女の子がとことことやってきた。倫子の前で立ち止まり、見上げてくる。

「どうしたの?」

倫子はしゃがんで目線を合わせる。

次の瞬間、女の子が倫子の頭から簪を抜き、駆けだした。

「あ! 待って!」

逃げる女の子を倫子と定信が慌てて追いかける。

女の子はするりするりと人混みを縫うように走っていくので、ふたりはなかなか追いつけない。やがて細い路地へと飛び込んだ。すぐにふたりもあとを追う。

路地には商いを閉めた小店が並び、薄汚れた格好をした浪人や子供たちが道端に寝転んでいる。

賑やかな表通りとはあまりにもかけ離れた光景に、倫子は立ちすくむ。

おそるおそる見渡した視界の中に、さっきの女の子の姿が飛び込んできた。

怯えたような目で、女の子は倫子を見つめている。

倫子はゆっくりと歩み寄り、白みそ煎餅の入った袋を差し出した。

「どうぞ」

女の子は奪うように袋を取る。すぐに道端の子供たちが女の子に群がっていく。女の子はみんなに煎餅を分け、子供たちはむさぼるように食べはじめた。

茫然とその光景を見つめる倫子に、定信が言った。

「お優しいのですね」

「いえ……」と倫子は小さく首を横に振る。「江戸に、こんな場所が……」

空腹を満たすべく必死に煎餅を食べる子供たちに、倫子の胸は強く痛む。

女の子が戻ってきて、倫子に簪を差し出した。

「いいの？」

女の子はこくりとうなずく。

「ありがとう」と倫子は女の子の頭を撫でる。女の子ははにかむような笑みを浮かべ、去っていった。

その光景を定信が目を細めて見守っている。

幕臣たちとともに政務の報告にきた田沼は、家治が一心不乱にオランダ語の書物を読んでいるのを見て、戸惑う。幕臣たちもざわつきはじめる。

家治は気にも留めず、書物に視線を落としたまま「早く報告を」と田沼をうながす。

「……なんのために蘭学を？」

おずおずと訊ねる田沼に、家治は言った。

「オランダの商館長と話すためだ。わしの知識が乏しければ、会話にならぬであろう」

「御心配には及びませぬ。対応はすべて我々が」

「わしが直接会うと申したはずだ」

有無を言わせぬ強い口調で田沼に告げ、家治はふたたび書物へと戻る。わからないところがあれば部屋の隅に控えさせた通詞を呼び寄せ、熱心に質問する。

その様子を田沼が忌々しげに見つめている。


子供たちに気を取られている間に、倫子の背後にひとりの浪人が忍び寄っている。気配を感じた定信がすばやく振り返った。

浪人は定信めがけて手にした棒を振り下ろす。定信はとっさに鞘《さや》のまま刀で棒を受け、浪人と打ち合いはじめた。

突如はじまった戦いに、倫子は恐怖で動けない。

剣の腕では圧倒的に定信に分があり、浪人は瞬く間に打ち倒された。

「くっそぉ……」

地べたに腰を落とし、にらみつけてくる浪人の顔に見覚えがあり、定信は目を見開く。

「その方は……風来山人《ふうらいさんじん》か？」

「その屋号は取り上げられちまったけどな！　お前のせいで！」

「……」

定信が腰に刀を戻すと、おそるおそる倫子が訊ねた。

「あの……何があったんですか？」

「こんなもん、こいつが書かせるからだよ！」

懐から薄い本を取り出すと、浪人はそれを定信に投げつけた。地べたに落ちたその本を倫子が拾う。『田沼将軍』という題名の滑稽本《こっけいぼん》だった。

「これ……」

問いただされる前に、「上様のためでもあるのですよ」と定信が倫子に答える。「目を覚ましていただくために」

「どういう意味にございますか……？」

「上様は田沼殿に政を任せきりにしているのです。田沼殿は一部の商人ばかりを重用し、そのせいで町には貧富の差が生じてしまいました。このように腹を空かせ、苦しんでいる者たちが大勢いるのです。もっと政がうまく機能していれば……」

自分の知る家治は、立派な志を持つ理知的な青年だ。定信の言うような田沼の好き勝手な振る舞いを到底許すとは思えない。

「上様はなにゆえ田沼殿に……」

「うつけだからだろ！」と浪人が叫ぶ。「自分じゃ何もできない！　考えない！　あんなの単なるお飾り将軍だよ！」

「……そんなことはありません」

倫子は定信を見据え、強い口調で訴える。

「上様は、しかとこの国のことを考えておられます！　お飾りでもうつけでも、断じてございません！」

定信は黙ったままだが浪人が倫子に突っかかる。

「どうしてあんたにそんなことがわかるんだ!?」

「御台所だからです！」

「え？」

思わず口走り、倫子はハッとなる。

「あ……」

「冗談だろ……？」と浪人は定信をうかがう。

「お忍びでこの辺りを散策されているのだ。他言無用ぞ」

「えええ〜！」

浪人は慌ててその場にひれ伏した。

「申し訳ございませぬ！　どうか、御手打ちだけは！　平《ひら》にご容赦を！　某はただ……この国はもっとよくなるはずなのに、それができていないことが悔しいのです」

地べたに頭をこすりつけ、必死に懇願する浪人に倫子は言った。

「そなたの思いはわかりました。ご安心ください」

安堵し、大きく息を吐く浪人に倫子が訊ねる。

「名前は？」

「風来山人。またの名を平賀源内《ひらがげんない》」

そう名乗り、浪人は胸を張った。


増上寺の門前町の一角に並んだ出店でお品が土産を選んでいる。

これもいい、いやあれも捨てがたいといくつもの店を行き来し、一向に決まる気配がない。しびれを切らした猿吉が言った。

「いつまで選んでいるのですか？　そもそも、あの料理人に土産を渡す必要があるのですか？」

瀬戸物屋の棚に置かれた小鉢を持ったお品の手がはたと止まる。

「奥女中が上様以外の殿方と恋に落ちるなど、御法度ですぞ」

「……」

しかし、お品は手にした小鉢を店主に差し出した。

「これをください」

ため息をつく猿吉に、お品は新品の草履《ぞうり》を差し出した。

「猿吉にはこれを」

「え？」

「いつも仕えてくれているお礼よ」

感激した猿吉は押しいただくように草履を受け取った。


倫子と定信が並んで、来た道を戻っている。

「倫子殿は……上様のことをよくご存じなのですね」

「いえ……むしろわからないことだらけで……」

「先ほどのご様子を見て、そう感じましたよ」

「……私はただ……上様が誤解されたままでは我慢ならなかったのです」

恥ずかしげに答える倫子に、定信は微笑む。

その瞳に浮かぶ切なさに、倫子が気づくことはなかった。

※

大奥に戻った倫子とお品が部屋に向かって歩いている。

「今日はいい息抜きになりましたね」

「うん。お品、いろいろとありがとう」

「いえ」

廊下の角で、朝霧と夜霧がお知保を囲んでいた。何やら揉めているようなので、倫子とお品の足が止まる。

「そなた、どうして代参に来なかったのです?」

「城に残って何をしていたのですか!?」

責め立てるふたりの帯に歌舞伎役者・中村幸治郎の団扇が差さっているのを見て、お知保は言った。

「私には他の殿方にうつつを抜かしている暇などございませんので」

「何を偉そうに」と朝霧が鼻で笑う。「御台様同様、添い寝しただけの者が」

「!?」

「御側室のお役目は返上ということでしょう」と夜霧が朝霧にうなずいてみせる。

足を止めたままどうしたものか戸惑っていると、お知保が倫子に気づいた。ここで退くわけにはいかぬと、さらに声高に訴える。

「僭越ながら、私は上様の御寵愛を受けるためにこれまであらゆる鍛錬を積んでまいりました。本日もそなたたちが外で羽を伸ばしている間に、蘭学の勉強をしていたのです。少しでも上様のお役に立つためにございます」

家治が広く外の世界に目を向けていることは知っていたが、自らが蘭学を学ぼうとまでは考えなかった倫子は、その言葉に衝撃を受ける。

お知保は朝霧と夜霧に毅然と宣言した。

「そなたたちに何を言われようと痛くも痒くもございませぬ。私は必ず側室として、上様の身も心も満たしてみせますゆえ!」

倫子はそれを、自分への宣戦布告のように感じてしまう。

部屋に戻っても悄然としたままの倫子をお品が慰《なぐさ》める。

「倫子様。お知保殿の言うことなど気にする必要はございません。あの者はただ、虚勢を張っているだけです」

倫子は首を横に振った。

「……お知保殿はまことに上様のことが好きなのだ。それが……よくわかった」

「！……」

「負けたくないと思ってしまったの」と倫子は正直な思いを吐露する。「あれだけお手が付くかどうかで競い合うなどくだらないと思っていたのに……」

苦悩する倫子にお品はかける言葉が見つからない。


数日後、家治のもとに珍しい客が訪ねてきた。従弟の定信だ。将棋盤を挟んで向き合うと、「まさか一局お手合わせいただけるとは」と顔をほころばせる。

「昔もよく、こうして指したであろう」

「一度も勝たせてもらえたことはございませぬが」

苦笑する定信を家治がうながす。

「それより何用だ？　話があるのであろう」

飛車を左翼に展開し、定信が言った。

「……上様はなにゆえ、田沼殿の言いなりになっておられるのですか？」

ふいに急所に攻め込まれ、家治の手が止まる。

「……聡明だった竹千代様は、どこに行ってしまわれたのですか」

「……頭の切れる家臣を重用するのは当然であろう」

定信は攻め手を緩めない。

「……御台様も気に病んでおられましたよ」

「御台？」

「先日お会いしたのです。以前と変わらず明るいお方で、昔よく遊んだ日々を思い出しました」

「……なにゆえ御台に会った？」

家治の声音が変わった。

「気になりますか？」

「……」

「ただ、心配だったのです。上様が側室を持たれたと聞き、心をお痛めになっていないかと」

「……その方には関係なかろう」

「それがあるのです。御台様は私の初恋のお方ゆえ」

今度はその能面のような表情がかすかに揺らぎはじめる。

「あれ？　ご存じかと？」

「……」

「ですから、幸せになっていただかないと困るのです」

定信はさらに鋭く家治の陣地へと攻め込む。勝負に集中できぬまま、家治の王は追い詰められていく。


家治のもとを辞した定信が廊下を歩いていると、向こうから田沼がやってきた。

「これはこれは松平様。本日はどのようなご用件で？」

「上様と一局手合わせを。また負けてしまいましたが」

「そうでしたか」

「失礼いたします」

慇懃《いんぎん》に頭を下げ、定信は去っていく。

その背中を田沼はいぶかしげに見送った。

嫌な男に会った。

廊下の角を曲がった瞬間、定信の顔に憤怒の表情が現れる。

同時に、己の運命が決まった十一歳のあの日の記憶へと飛んでいた。

「なにゆえ賢丸を養子に出さねばならぬのだ!? うちの跡取りだぞ!」

田沼に詰め寄る父の怒号が座敷に響く。しかし、対座する田沼は落ち着き払っている。

「異存は認められませぬ。家重公の御意向ゆえ」

「その方が仕向けたのであろう!?」

「某にそのような裁量はございませぬ」

父にそう返し、田沼は遠巻きにうかがっていた自分へと目を向けた。

「これよりは松平様と名乗っていただきます。その紋所のお召し物は、もう着られなくなりますなぁ」

着物には三つ葉葵の紋が入っていたのだ。

幼き自分は、怒りで震える拳をただ強く握りしめるしかできなかった。

「……」

勝負のついた将棋盤をにらみつけながら、家治が考えに沈んでいる。

あんなにも攻撃的な将棋を指す男ではなかったのだが……。

顔を上げ、家治は襖の奥に向かって叫んだ。

「誰かおらぬか」

襖が開き、役人が顔を出す。

「いかがなされましたか？」

「今宵、大奥へ参る」


襖を開け、朝霧が入ってきた。

「申し上げます。今宵、御台様に御渡りがございます」

「！……」

声を聞きつけたお品が倫子に駆け寄る。

「よかったですね！　すぐにお支度しましょう」

「ああ……」

いっぽう、お菊から報告を受けたお知保は、「そうか……」とつぶやき、蘭学の書物を閉じた。

見るからに消沈したその様子に、お菊は逃げるように部屋を出る。

廊下の角を曲がると松島と出くわした。お菊は慌てて平伏する。

顔を上げたお菊に松島は糠袋《ぬかぶくろ》を差し出し、命じた。

「御台を断じて上様に近づけるな。わかったな」

「はい」


身を清めるべく倫子がお品を伴い湯殿《ゆどの》に向かう。中には平伏したお菊が待っていた。

「本日は私が御台様のお身体を洗わせていただきます」

すでに湯女の格好に着替えているので、倫子は素直に従った。

「頼みます」

四半刻後、支度途中の濡れた身体のまま、倫子が湯殿から出てきた。隣の間に控えていたお品に、いぶかしげに声をかける。

「お品……」

「どうされたのですか？」

「身体を洗ってもらう際に、何か変な臭いがして……」

「え？」

お品を伴い倫子が湯殿に戻ってきたのを見て、気づかれぬようにお菊が逃げていく。

床に捨てられた糠袋を手に取り、お品はその匂いを嗅いだ。あきらかに糠の匂いではない異臭を感じ、お品はハッとした。

「この糠袋……中身が糠ではございません！」

「え……」


その頃、松島は中奥のいつもの部屋で田沼と会っていた。

「時は稼ぎました。今宵必ず、説き伏せてくださいませ」

不敵な笑みを浮かべ、田沼はうなずく。

「相わかった」


湯殿から出た倫子はがっくりと肩を落とした。不快な臭いが全身にまとわりつき、鼻が曲がりそうだ。

「こんな身体では会いにいけない……」

「……一から御支度し直しましょう」とお品が励ます。

「しかし、湯殿のお湯まで抜かれていて……今からでは間に合わないであろう……」

「あきらめるなんて倫子様らしくありません。上様にお会いしたくないのですか？」

あの方との距離を縮めたい。

心も、そしてこの身も……。

倫子は思案し、覚悟を決めた。

「手伝ってくれるか？」

満面の笑みでお品が応える。

「万事お任せあれ！」

※

御台所の部屋にほど近い井戸の前に肌襦袢姿の倫子が立っている。お品は井戸から水を汲むと桶の中に手を浸した。

「冷たい……」

思わず倫子の顔をうかがう。

「……大丈夫。お願い」

「行きます」

お品は自分を叱咤《しった》し、倫子に向かって水をかけた。

あまりの冷たさに、「ひっ」と倫子の口から小さな悲鳴が漏れる。震える倫子の身体を、お品が本物の糠袋で丁寧に洗っていく。


御寝所に入った家治は、布団の前に平伏しているのがお知保だと気づき、足を止めた。

「……御台はどうした？」

顔を上げ、お知保が答える。

「御加減が優れぬようにございます。今宵は私がお相手を務めさせていただきます」

無言のまま、家治はお知保に背を向けた。御寝所から出ていく家治を、「上様！　お待ちください！　上様！」とお知保が慌てて追いかける。

前に回り込むと、お知保は土下座しながら乞うた。

「私を……お抱きください！」

その必死さは家治の怒りに火をつけた。

「そなたは虚しくないのか!?」

「……」

「好きでもない男に抱かれ、そんなに地位が欲しいか!?　高禄が欲しいか!?」

挑むように家治を見上げ、お知保は言った。

「私が一番欲しいのは……上様にございます」

「?……」

「大奥にご奉公して以来、私は上様のことをずっとお慕い申し上げておりました」

「……」

初めて家治から声をかけられたのは、御三之間として働いていた十五のときだった。

大奥に入ったばかりのお知保に先輩女中たちの当たりは厳しく、理不尽ないじめも多かった。あの日も懸命に雑巾がけをした廊下に汚水の入った桶をひっくり返された。笑いながら去っていく女中たちの背中を、悔しさに歯噛みしながら見送り、水浸しになった廊下をふたたび雑巾で拭きはじめた。

そこに木刀を手にした家治が通りかかったのだ。

一心不乱に廊下を磨くお知保を一瞥し、家治は言った。

「着替えろ。袖が濡れているではないか」

その声でお知保は初めて家治の存在に気づいた。慌てて平伏し、家治に応える。

「このくらい、大事ございませぬ」

繕ったあとが目立つ袖が恥ずかしく、思わず手で隠す。いくつものあかぎれで割れた指を見て、家治は持っていた手ぬぐいをお知保に渡した。

「床板よりも、そなたを大事にしろ」

「！……」

家治が廊下の角に消えると、お知保は信じられぬ思いで紺色の手ぬぐいを見つめた。じわじわと熱いものが込み上げ、涙がこぼれそうになる。どうしてもこの手ぬぐいを使いたくなくて、お知保は懸命に涙をこらえた。

「――あの日から、私は偉くなると決めたのです。偉くなって、上様を一番近くでお支えすると」

「……」

「ですから、虚しくなどありませぬ。この上ない喜びにございます」

「……」

「何とぞ……何とぞ！」

お知保はふたたび頭を下げた。

しかし、家治は言葉をかけることもなく、御寝所を出ていく。

家治の気配が消えても、お知保は立ち上がることができなかった。

中奥に戻ると部屋の前で田沼が待っていた。失望の眼差しで家治を見つめ、子を諭すように言った。

「御寝所にお戻りください」

「……そなたが御台に何かしたのか？」

「某ではございませぬ。奥女中たちにございます」

「？……」

「まだおわかりになりませぬか？　御台様が苦しめられているとしたら、その源は上様にございます。上様がお子をお作りになり、お世継ぎを決めぬかぎり、醜い争いがやむことはございませぬ」

「……」

家治の内心の動揺を嗅ぎつけ、田沼は駄目を押した。

「このままではあなた様のせいで……また人が死にますぞ」

「！」

あのときと同じ目で見つめられ、昏い記憶の蓋が開く。

襤褸をまとった薄汚い男が狭い牢の奥に横たわっている。無造作に伸びた長い髪と髭、こびりついた垢で、男の顔は判然としない。

ひどく恐ろしいのに、竹千代はその男から目が離せなくなる。

「誰だ……？」

田沼がゆっくりと答えを告げる。

「この者は……竹千代様の父上にございます」

「!?……」

「お幸の方様はこの男と情を通じ、竹千代様がお生まれになったのです」

「！……」

「お前は、将軍家の子ではない！」

「嘘じゃ……嘘じゃ、嘘じゃ、嘘じゃ！……」

「お幸の方様は、今際《いまわ》の際《きわ》にすべて打ち明けてくださいました。そして、竹千代様の地位をお守りするために、この男の口封じを某に託したのです」

なぜ田沼が自分をこの場所に連れてきたのか、その意味を察し、竹千代は慄然《りつぜん》とした。

田沼は牢の鍵を開け、中に入る。男を立たせると、牢から引きずり出した。

竹千代の視線が田沼と男に釘付けになる。

男が、声も消え消えに水を求めて訴えると、田沼は男に水を手渡した。と、同時に竹千代に見せつけるようにゆっくりと田沼は刀を抜いた。

牢を照らすわずかな燈火《とうか》に鞘から引き抜かれた白刃が反射する。

「何をする……やめろ！」

次の瞬間、田沼は一気に刀身を男の脇腹に突き刺した。

断末魔の悲鳴とともに竹千代の顔に血飛沫がかかる。

「うああああああ」

泣き叫びながら、竹千代はその場にうずくまる。

田沼は絶命した男の懐から扇子を取り出した。開くと、寶舟の紋が描かれている。

「これで立派な将軍になれますぞ。竹千代様！」

牢に響く田沼の笑い声を、竹千代が恐怖に震えながら聞いている――。

「……」

なかなか現実に戻れずにいる家治の前で、田沼が古びた扇子を開く。寶舟の紋を見せつけるように仰ぎ、田沼は呵呵《かか》と笑った。

「さあ！　ご決断を！」

「……」

汗だくになりながら、お品はどうにか倫子の支度を終えた。

「……できました」

「ありがとう」

部屋を出る倫子を、頑張れとお品が見送る。

急ぎ足で御鈴廊下を渡り、御寝所に着くと部屋の前に松島が待ち構えていた。

委細承知にもかかわらず、倫子に訊ねる。

「なんの御用にございましょうや？」

「今宵は上様の御渡りが……」

「その御役目はお知保様が代わりに務めることと相成りました」

「!?」

「御台様は待てど暮らせど、お越しにならぬものですから」

平然と言われ、倫子の中に激しい怒りが沸きあがる。

「そなたがすべて仕向けたのであろう!?　どうしてこんなことをする!?　私になんの恨みがある!?」

倫子の叫びもまるで響かない。

恭《うやうや》しく平伏し、松島は言った。

「どうぞお戻りくださいませ。ここから先はお通しできませぬ」

怒りのまま、倫子は扉に向かって声を張った。

「上様！　上様！」


扉の向こうには家治がいた。

そして、その腕の中にはお知保の姿がある。

家治はその華奢な身体に己の身体を預けていく。

枕屏風のトンボが目に入る。

御台の声まで聞こえてきた。

「上様！　上様！」

一瞬、動きが止まるも、家治はそのままお知保を布団に押し倒した。

襟もとを開くと上気した肌が露わになる。

家治の重みを受け止めながら、お知保は幸せで泣きそうになる。

叫びつづける倫子の前に、松島が毅然と立ちはだかった。

「お戻りくださいませ。こうするとお決めになられたのは、上様ですぞ！」

「！……」

倫子の身体から力が抜けていく。

ゆるゆると御寝所の前を離れ、倫子は廊下に出た。

しかし、部屋にたどり着く前に想いがあふれ、倫子はしゃがみ込んでしまう。

やり場のない嫉妬に悶え、ようやく倫子は気づいた。

嗚呼、これは恋なのだ。

あふれる涙をぬぐいもせず、倫子は家治への恋情の炎に焼かれていく。

5

御座之間に御目見得《おめみえ》以上の奥女中たちが集い、朝の総触れが行われている。

「上様におかれましては、側室にお知保様を迎えられ、格別に健やかなるご様子、誠にお喜び申し上げます」

松島の挨拶を受け、お知保は余裕の笑みを浮かべる。そんなお知保を昭島ら奥女中たちは羨ましそうに見つめ、高岳一派は悔しそうににらんでいる。

心の内の屈託《くったく》のため倫子はお知保を見ることすらできず、うつむいたままだ。そんな倫子を目の端にとらえ、家治は落ち着かなくなる。

気分よく挨拶を終えた松島が家治をうながす。家治はおもむろに口を開いた。

「わしから皆に頼みがある。もうじきオランダ商館長のティチングがこの城に参る。もてなしに琴を披露したい。誰ぞ我こそはと名乗り出るものはおらぬか」

お品はちらりと倫子を見るが、倫子はうつむいたままだ。すぐに朝霧が名乗り出た。

「その御役目、私にお任せください。六つの頃よりたしなんでおります」

負けじと昭島が立ち上がった。「私は五十年、鍛錬を積んでまいりました！」

「五十年!?」と隣のお平がギョッとなる。

「このたくましい腕をご覧ください！　必ずや美しい音色を奏でてみせまする！」

腕まくりする昭島を一同はポカンと見つめる。お玲が恥ずかしそうに昭島をつつく。

「昭島殿、早くお座りください！」

家治は倫子へと視線を向けた。

「御台はどうだ？」

しかし、倫子はうつむいたまま返事すらしない。

「……」

そのとき、お知保が毅然《きぜん》と立ち上がった。すかさず松島が口を開く。

「私はお知保様を推挙《すいきょ》いたします。お知保様は私の部屋子《へやご》として働くかたわら、しかと教養を身につけてまいりました。琴の腕前も他に並ぶものはございませぬ」

高岳が鼻で笑うも松島は気にしない。

「何とぞよしなに」と家治をうかがう。

しばしの沈黙のあと、家治はお知保に言った。

「では頼んだ」

「はい」とお知保が強くうなずく。「上様の御為、しかと務めさせていただきます」

終始うつむき黙ったままの倫子が、お品は歯がゆくて仕方がない。

部屋に戻るや、お品は倫子に詰め寄った。

「お琴でしたら倫子様もお得意ではないですか！　なにゆえ上様に進言なさらなかったのですか？」

倫子がボソッと返す。

「伝えたところで何になる。……上様がお知保殿を選んだのだ……」

倫子の傷心は思った以上の深手だと気づき、お品は何も言えなくなる。

私室に戻った家治のもとを田沼が訪れている。

「いや〜、昨晩は滞りなくお済みになったようで、母上も〝父上〟も草葉の陰でさぞかしお喜びでございましょう」

わざとらしく父を強調する田沼を家治はにらむ。田沼はそれが愉快でならない。

「あのことは某の胸にだけ留《と》めておきます。どうぞご安心くださいませ。某と上様は、表裏一体！」と、いつもの如く、寶舟の紋が描かれた古い扇子を出して、あおぐ。

込み上げる怒りを家治は必死で堪える。

「倫子様は優しすぎるのです！　お知保殿のことなど気にせずに、もっと上様に思いの丈を伝えたらよいのに！」

「そうしたくてもできぬのが女心ってやつなんじゃないですかねぇ」

愚痴が止まらないお品を猿吉がなだめていると、貞之助が門を抜け、出勤してきた。

慌てて身だしなみを整えるお品に猿吉はあきれる。

お品に気づき、貞之助は足を止めた。

「お品殿。先日いただいた土産の小鉢、大事に使っていますよ」

貞之助の笑顔に、瞬く間にお品の顔が朱に染まる。

「嬉しゅうございます……あの小鉢なら貞之助様のお料理が映えるのではないかと思いまして……」

出入りする商人たちが、仲睦まじげに話をしているふたりにチラチラと視線を向ける。

「おふたりさん、仲がいいのは結構ですが、こんなところで怪しまれますぞ」

猿吉に言われ、お品はハッとなる。

「では……そろそろ戻りますね」と貞之助から離れる。

「猿吉殿、少しだけ後ろを向いてもらえますか？」

「え？　はい」

わけがわからぬまま猿吉はふたりに背を向けた。

貞之助はそっとお品に鍵を渡し、小声で言った。

「料理道具などを納めている蔵の鍵です。私が管理を任されておりますので、ここでならもっとゆっくりお話ができるかと」

「！」

猿吉がチラと見るもふたりは気づかない。

「夕刻、お待ち申し上げております」

お品は小さくうなずいた。

「はい……」


浮かない顔で倫子が廊下を歩いていると、どこからか琴の音が聞こえてきた。気になり倫子は音のする部屋へと向かう。そっと覗くと、お知保が琴の稽古をしていた。

その真剣な表情に気圧され、倫子は足早にその場を去る。

そこにお玲がやってきた。

「御台様。新しく武家伝奏の御役目に任ぜられたお方が上様にご挨拶に参られるそうです。御台様にもご列席賜りたいとのこと」

「……承知しました。参ります」


中奥の一室で松島が人を待っている。襖が開き、田沼が入ってきた。

「お連れしましたぞ」

あとから入ってきた直衣姿《のうしすがた》の男に松島は平伏した。

「お初にお目にかかります。大奥総取締の松島にございます」

公家の男はどことなく不安げな表情を松島に向けた。


謁見の間の上座に家治と倫子が並んでいる。気まずい空気のなか、平伏していた田沼が顔を上げ、話しはじめる。

「本日は新しく武家伝奏にご就任された久我大納言様が朝廷よりご挨拶に参られております」

「通せ」

襖が開き、直衣姿の男が入ってきた。その顔を見て、倫子は絶句する。

信通様！……なんで……。

平伏し、信通はふたりに挨拶の言葉を述べる。

「此度、武家伝奏の御役目を拝命賜りました、久我大納言信通にございます」

動揺する倫子を見て、家治はその男が誰かに気がついた。

また田沼の小細工か……。

「上様に御目通りが叶い、恐悦至極に存じ奉ります。幕府と朝廷のよき架け橋となれるよう、大役を務めさせていただく所存にございます」

「……面を上げよ」

ためらいつつ、信通は顔を上げた。倫子と目が合い、罪悪感に胸が痛む。思わず目を伏せる信通に、田沼が言った。

「久我様はたしか、御台様とお知り合いでしたな？」

倫子がビクッと身を震わせる。

「はい……。御台様が京にお住まいの間、親しくさせていただいておりました」

「ほお。親しく？」

意味深な表情を浮かべ、田沼は信通から倫子へと視線を移す。

動揺を抑え、信通が答える。

「……兄妹のように、親しく……」

「そうでしたか」

居心地の悪そうな倫子をチラと見て、家治が口を挟んだ。

「余計な話は控えよ」

「はっ！」

苦渋に満ちた信通の顔を、倫子は複雑な思いで見つめる。

ふたりの心情を慮《おもんぱか》り、家治が言った。

「この後、ふたりで話すがよい」

「え？」

「昔馴染みなのであろう」

「しかし……」

「わしが許すと申しておる」

戸惑う倫子と信通を見ながら、田沼は必死に笑いを堪える。

※

こうして並んで庭園を散歩するのは、浜御殿で会ったあの日以来だ。あれから目まぐるしいくらいに多くの出来事があり、ずいぶん昔のことのように思える。

「まさかまたお会いできるなんて、驚きました」

倫子は信通に素直な気持ちを告げる。

信通は言葉に詰まりながら、思いを伝えていく。

「……あの文をもらったとき、助けにいけず……すまなかった。高覚のことも、黙っていて……」

「ほんにあれは……傷つきました！」

うなだれる信通を見て、倫子は笑った。

「でも、もうよいのです。私が悲しむと思い、言えなかったのですよね」

「……」

「姉上のお相手が信通様なら安心です。父上も母上もお喜びでしょう」

「……」

「信通様？」

「いや……」

浮かぬ顔のままの信通に、倫子は訊ねた。

「まだ何か隠しているのですか？」

「……」

「もう嘘はおやめください」

信通はうなずき、口を開いた。

「実は……倫子様の母君が病に倒れ、臥《ふ》せっておられるのです」

「え……」

「医師の話だと、もう長くはないと……」

「そんな……そんな話、ひと言も……」

「心配をかけたくないと思い、倫子様には知らせなかったのだと思います」

「……おたあさんが」

みるみる表情を曇らせる倫子を見て、信通は覚悟を決めた。

「京に……一緒に帰りませんか？」

「え……？」

「母君に会いにいきませんか？」

「……できません。将軍家に嫁いだ私は、もう二度とこの城から出られないのです。里帰りすら許されなくて……」

「私が、逃げる算段をいたします」

倫子は驚き、信通を見つめる。

「その後のことも、倫子様が生活に困らぬよう、私が……」

「そんなことをしたら信通様の御立場が……」

「あの文を出して以来、ずっと後悔しておりました。そなたのことが心配で心配で、仕方がなかった」

真剣な眼差しで信通は続ける。

「倫子様をひとり残して、私だけ幸せになどなれません。必ず、お助けします。三日後の夜、裏口の不浄門《ふじょうもん》にてお待ちしております」

「……」


信通がこうも思い詰めているのには理由があった。大奥総取締の松島に引き合わされたとき、大奥で倫子が置かれている状況を聞かされていたのだ。

「ここだけの話、御台様は上様とうまくいっておられぬのです」と松島は同情するように語りはじめた。「上様は新しいご側室に夢中なご様子で……。御台様は他の女中たちから笑いの種にされておりまして……あれでは生き恥をさらしているようなもの……」

そこに田沼が口を挟む。

「いっそのこと、この城を出られたほうが御台様のためかもしれませぬなぁ」

「しかし、それは……」

戸惑う信通に松島は断言した。

「もしそうなったとしても、咎《とが》める者などおりませぬ。我々も御台様の幸せを心より願っておりますゆえ」

松島の言葉が真実だとしたら、倫子をこのまま大奥にいさせるわけにはいかない。

そんな思いが信通の中に膨らんでいった。


再会した倫子と信通の様子を田沼から聞き、松島は満足そうにうなずいた。

「まんまと逃げ出すに決まっています」

「そこを捕らえて、不届き者の汚名を着せれば、そなたの算段通り、城の外れの二の丸に御台を追いやれるというわけだな」

「ご立派な側室を持たれた今、この大奥に正室など目障りなだけです」

「御台が来てからというもの、上様は政に精を出され、わしも手を焼いておる。あのふたりは引き離すのがよかろう」

田沼にうなずき、松島は言った。

「すべては上様のため」

約束した暮れ六つ、お品が蔵の前にやってきた。もらった鍵で扉を開け、蔵へと入っていく。すでに中で待っていた貞之助の顔がぱぁっと明るくなる。

「来てくださいましたか」

「はい……」

「こちらへ」

貞之助はお品の手を引き、蔵の奥へと連れていく。

秘密の逢瀬《おうせ》に、お品の胸の高鳴りは止まらない。


務めを終え、城を出た猿吉が町を歩いていると宿屋の前に人だかりができていた。その中心に頭一つ大きな異人の姿があった。オランダ商館長のティチングだ。

金髪碧眼《きんぱつへきがん》、馴染みのない風体に、「うおおおお」と猿吉が吠える。

「足長い！　鼻高い！　あれが異国の者か……」

そのとき、「どけ！　どけ！」と人垣をかき分けるように源内がやってきた。宿の中へと消えていくティチングを見つけ、「田村先生、こちらです！」と本草学者の田村藍《たむらら ん》水《すい》を手招く。

朝鮮人参を手にした田村は、「よし、行くぞ！」と源内ら教え子たちとともに宿へと入っていった。

夜、倫子はお品を前にあらたまって座ると、信通からの提案を打ち明けた。

「……それで、どうなさるのですか？　京に戻られるのですか？」とお品は声をひそめて訊ねる。

「……わからない。どうすればよいのか……」

御台所の立場で大奥を去ることがどれほどの大事になるのかはわからないが、これ以上倫子が苦しむ姿を見るのだけは嫌だった。

「私は、倫子様がどんな決断をされようとついて参ります。ですから、きちんと自分の気持ちに向き合って、お決めください」

倫子は袂から方位磁石を取り出し、見つめる。かつては信通からもらった磁石が心のよすがになっていたが、いま己の手の中にあるのは家治がくれたものだ。

京と江戸、倫子の心の針が西と東の間で大きく揺れている。

家治の前に田沼ら幕臣たちが居並び、明日の公務について打ち合わせをしている。

「相手は礼儀作法をわきまえぬ輩。明日のティチングとの対面は、やはり我々が」

どうしても譲らない田沼に、家治は苛立ちを禁じ得ない。

「今、蝦夷地《えぞち》ではオロシヤの者どもがたびたび目撃され、我が国は侵略の危機にさらされております。オランダも同様。油断なりませぬ」

田沼の後ろに控える幕臣たちも不安げだ。

「そうか、蝦夷地にも異国の者が……」

つぶやき、家治はうっすらと微笑む。

「素晴らしいことではないか」

「は？」

「なぜ、そんなにも頻繁に異国の者たちを目にするようになったかわかるか？　それだけ文明が栄えたということだ」

そう言って、家治は蘭学の書物を広げる。そこには蒸気船の設計図が描かれていた。

「今、オランダでは自動で動く船をこしらえているらしい」

「自動で!?　で、ございますか？」と武元が目を見開く。

「これが形となれば、いとも簡単に海を渡れるようになる。もっとこの国との距離は近づくであろうな。そんな折、このまま我が国だけが国力をつけずにいれば、どうなる？　それこそ力ある諸外国に侵略されるやもしれぬな」

押し黙る田沼の後ろでは、幕臣たちが感心しながら耳を傾けている。

「そうならぬよう今から交流を深め、対等に向き合っていく必要があるのだ。そのためにもティチングにはわしが会う」

幕臣たちが畏敬《いけい》の念を持って家治を見つめるなか、田沼が言った。

「さすがは上様。至極ごもっともな御判断にございます」

手のひらを返したように賛同を示す田沼を、探るように家治が見つめる。

※

かすかに聞こえてくる美しい琴の音を縁側に座った高岳が忌々しげに聞いている。

「いよいよ今日か……」

つぶやき、朝霧と夜霧に顔を向ける。

「これ以上、松島たちの好きにはさせぬ……。やれ」

「はい」

うなずく夜霧の手には小刀が握られている。

昨夜からずっと考え続けているが、倫子は決断できずにいた。

「必ず、お助けします」と言ってくれた信通。

「そなたは……そのままでいろ」、「好きに生きろ」と言ってくれた上様。

ふたりはどちらも私のことを本当に思ってくれている……。

そのとき、ずっと美しい音色を響かせていた琴が不協和音とともに途絶えた。

「?……」

気になり、倫子は立ち上がった。

部屋を覗くと、お知保が愕然《がくぜん》と琴を見つめている。

「どうしたのです?」

お知保はハッと顔を上げ、言った。

「……大したことではございませぬ」

倫子が琴を見ると弦が切れている。

「まさか……誰かに?」

お知保は唇を結んだまま答えない。

「ほんに、ここは……」と倫子はあきれた。

「ご心配には及びませぬ。上様に任された大役、必ず務め上げてみせます」

「しかし、その琴では……」

「私には弱音を吐いている暇などないのです！」

切羽詰まった様子でお知保は切れた弦を張り直しはじめる。それ以上何も言えず、倫子はその場を去った。


謁見の間にティチングが座っている。そのかたわらに通詞が座り、田沼や幕臣たちも後ろに控えている。

「上様のおなりにございます」

御小姓の声がし、田沼がティチングに言った。

「平伏を」

「？」

「上様の前であるぞ。平伏を！」

通詞が慌ててオランダ語でティチングに告げる。

「膝をつき、頭を下げてください」

ティチングは周囲を見回し、同じように膝を揃え、頭を下げる。

そこに家治が入ってきた。

途端に座敷の空気が変わり、ティチングも緊張する。

家治が着座し、ティチングは顔を上げた。

「大君殿下。本日は御目見得が許され、大変嬉しく思います。オランダ商館長のティチングと申します」

訳そうとする通詞を手で制し、家治がオランダ語で話しはじめる。

「遠路はるばる大儀《たいぎ》であった。本日は日本とオランダ、両国のさらなる発展のため、有意義な交流を図れればこの上ない喜びである」

「まさか上様の口から母国の言葉が……」

ティチングは感激の面持ちで家治を見つめ、「格別のご厚情《こうじょう》、感謝いたします!」ともう一度深々と頭を下げた。

幕臣たちが尊敬の眼差しを家治に送るなか、ひとり田沼が冷めた顔をしている。

倫子が部屋に戻ってしばらくすると、ふたたび琴の音が聞こえてきた。しかし、先ほどまでとは打って変わって、その音には艶《つや》も美しさもない。

心配そうに倫子は音の聞こえる庭の向こうをうかがう。


午後、中庭に設えられた宴席に華やかな打掛《うちかけ》をまとった奥女中たちが待機している。

倫子もお品を伴い御台所の席についている。

「まこと、チッチングとはどのようなお方かしらねぇ」

「昭島殿、それを言うならテッチングにございます」とお平がツッコみ、そこにお玲がかぶせる。

「違います。テ・チングです！」

相も変わらずかしましい三人である。

宴席の前には舞台があり、布をかけられた琴が用意されている。

お知保がやってきて、その前に座る。

不安げなその表情を見て、高岳らはほくそ笑む。

屋敷のほうを見て、松島が口を開いた。

「皆のもの、上様とティチング様のおなりです」

家治がティチングを伴い、宴席のほうへと歩いてくる。その後ろから通詞、そして田沼ら幕臣たちが続く。

ティチングの姿に奥女中たちはざわつきはじめる。

「なんとまあ、巨大な……」

「目が青い」

松島がティチングを迎え、言った。

「まずは花の景色とともに琴の音色をお楽しみくださいませ」

松島からの合図を受け、お知保は覚悟を決めた。

目の前の琴を覆った布を取る。

現れた琴にお知保は目を見張った。

桜模様が施されたその琴は自分のものでなかった。弦もきちんと張られている。

戸惑いながら、お知保は琴爪《ことづめ》のついた指を弦に置き、琴を奏《かな》ではじめる。

雅《みやび》な音色が秋の風に乗って響き渡っていく。

ティチングは目をつぶり、異国の美しい音楽に聴き入っている。

険しい顔をした高岳が、「どういうことだ!?」と小声で朝霧と夜霧に問う。ふたりはわけがわからず首をひねるしかない。

家治は堂々と琴を弾くお知保の姿に見入っている。

お品はチラと倫子をうかがう。倫子は毅然と顔を上げ、お知保の演奏を聞いている。

曲を終え、お知保が手を止める。

美しい余韻に皆が浸るなか、ティチングが手を叩きはじめた。

「素晴らしい！　柔らかで繊細な美しい音色でした」

安堵の表情を浮かべるお知保を見て高岳たちが悔しがる。

家治が歩み寄り、琴に触れる。桜模様に目を留めた。

家治は琴の桜模様で何かに気付いた様子だったが、何も言わず、お知保に静かに微笑んだ。

「いい音色であった」

お知保の顔に喜色が浮かんでいく。

「はい……」

ふたりを見ながら、倫子も切なく微笑む。


暮れ六つ、蔵の中でお品が貞之助に宴席での出来事を話している。話を聞き終えた貞之助が言った。

「それはきっと……上様のためでは？」

「上様の?」

「御台様は此度の交流がうまくいくことを何よりも願い、琴をお貸しになったのでございましょう」

「……それなのに上様はお知保殿と……。倫子様があまりにお可哀想です」

「……それはしかし、暗黙のしきたりを思えば致し方ないことかもしれませぬ」

「暗黙のしきたり?」


桜模様の琴を間に倫子とお知保が対座している。

「礼を申すつもりはございません。御台様が勝手になさったことですので」

毅然と告げるお知保に、倫子も毅然と応える。

「はい。それでかまいません」

口をつく言葉はいつもの如くふてぶてしかったが、深く頭を下げ、お知保は去っていく。

倫子は優しく琴を撫で、言った。

「御役目、ご苦労……」

そこにお品が戻ってきた。

「倫子様！」と何やら剣呑《けんのん》な顔つきをしている。

「？」

襖を締め切ると、お品は倫子の前に巻物を広げた。それは将軍家の家系図だった。

「こちらをご覧ください。これまで公家の正室が将軍の子をなした例はございません。いずれも側室が将軍生母となっているのです」

家系図を確認し、「そういえば……」と倫子もうなずく。

「将軍家の威厳や格式のためには公家の正室を招き入れたいいっぽうで、もし公家の血を引くお子が将軍となれば、朝廷が政に口を挟みかねません。それゆえ大奥では、公家の正室が身ごもらぬよう裏で手を回すのが暗黙のしきたりだとか」

お品の話を聞き、倫子は愕然とした。

「なんだ、それは……」

「それゆえ、上様は……」


その夜、御寝所で家治とお知保が身体を重ねている。

家治の重みを感じながらも、その瞳には自分の姿は映ってはいない。念願を叶えたというものの、お知保の心には寂しさが募っていく。

事が終わり、寝衣をまとうや家治は部屋を出ていこうとする。

「どちらへ？」

「もう用は済んだであろう」

「！」

去っていく家治を、お知保はどうしようもない虚しさを感じながら見送った。


朝、家治と倫子が仏壇に手を合わせている。背後にはお知保や松島、高岳らも控えている。お参りを終え、立ち上がった家治に、倫子は意を決して声をかけた。

「上様。お話ししたいことがございます。少しだけお時間をいただけないでしょうか」

「御台様、それは――」

たしなめようとする高岳を家治がさえぎる。

「かまわぬ。わしもそなたに用がある」

「？……」


ふたりは庭園へと移動し、池のほとりの東屋で向かい合った。

家治は倫子の前に長方形の木箱を置いた。

「これは？」

家治は蓋を開け、言った。

「ティチングより献上された南蛮《なんばん》の菓子だ。カステーラというらしい」

「カステーラ……」

倫子は興味津々で箱を覗く。柔らかそうな茶色い菓子だ。

「オランダ国との交流は実りある機会となった。特に面白い話を聞いてな」

家治は、本草学者の田村藍水や源内らが宿でくつろぐティチングを急襲し、質問攻めにしたことを語りはじめる。

朝鮮人参を手に、驚くティチングに田村は詰め寄った。

「我々は薬草や資源について研究しております。こちらは朝鮮人参と言いまして、漢方薬として国産化を目指しております。オランダに似た薬草はございませぬか？　どのような栽培方法を用いているのでしょう？」

云々《うんぬん》――。

「夜が更《ふ》けるまで質問を繰り返していたそうだ。こんなに勤勉な国は他にないと褒めていた。わしと同じように、もっと諸外国との交流を深め、国策に活かそうと考える者たちがちゃんとおるのだ」

嬉しそうに語る家治に、倫子も笑顔で耳を傾ける。

「これからわしのなすべきことが、より明らかになった。あの夜ここで、背中を押してくれたそなたのおかげだ」

「いえ……」

「それから、あの琴も」

「？」

「お知保が弾いていた琴は、そなたのものであろう」

「どうして……」

「婚約の儀のときも聞いたからな」

言われて倫子も思い出す。

たしかに、上様と初めてお会いした婚約の儀で、私はあの琴を弾いた。

覚えておられたのだ……。

「礼を申す」

心のこもった感謝の言葉に、倫子の顔がほころんでいく。

東屋を出て、池のほとりに並んで立つと家治は倫子に訊ねた。

「それで、そなたの話とは？」

表情を引き締め、倫子は切り出す。

「暗黙のしきたりについてです」

「……」

「将軍が公家の子をなしてはならないというのは、まことでしょうか？」

「……」

「それはつまり……私が上様のお子をなすことは……ないのでしょうか」

家治は重い口をゆっくりと開いた。

「……それがこの将軍家を保つためであり、そなたを守るためでもある」

「私を？」

「わしが子をもうけ、世継ぎさえ決めれば、この城で無用な争いはなくなるのだ。そなたも楽になろう」

「……上様のお心は？」と倫子が訊ねる。「それでよいのですか？」

「……心など、とうに捨てた」

「！……」

遠い目で前を見つめる家治の、その寂しげな横顔に倫子の心は千々に乱れる。

その日の夕刻、蔵の中でお品は貞之助に胸の内を打ち明けていた。

「御台様はおそらく……戻られると思います。ここにいても上様から愛されず、子もなせず……待っているのは、生き地獄なのですから……」

「……その場合、お品殿は？」

「……私がここに留まる理由もなくなります。京に帰ろうと思います」

貞之助の顔に陰が差す。

「……左様ですか」

「貞之助様、今までありがとうございました。貞之助様と過ごすひとときは、なんだかとても新鮮で……楽しゅうございました」

「……」

「では……」

お品は貞之助に鍵を返し、背を向けた。蔵から出ていこうとしたとき、後ろから強く抱きしめられた。

「!?」

背中が熱い。

貞之助の低い声が鼓膜を震わせる。

「そなたがどこに行こうとも、お慕い申し上げております」

「!……」

想いがあふれ、お品は貞之助の腕をほどいて振り向いた。今度は自ら貞之助の身体を抱きしめる。

目が合い、ふたりの唇が重なっていく。

部屋に戻ると倫子が方位磁石を見つめていた。意を決し、お品は声をかけた。

「倫子様。お約束の日は明日です。どうされますか?」

倫子はゆっくりと顔を上げた。

「……決めた。不浄門へ行く」

※

翌朝、襖を閉めた部屋の中で倫子とお品が話し合っている。ふたりの前には大奥の見取り図が広げられている。

「この蔵に食材を運ぶのに使う荷車を用意してございます」とお品が貞之助との密会に

使っていた蔵を指さす。

「倫子様はそこにお隠れください。私が不浄門までお運びします」

「わかった」

家治からの御渡りがあるとの連絡を受け、朝霧が御台所の居室に向かっている。

「失礼いたします」

平伏し、襖を開けるが中には誰の姿もない。

「!?」

御台所が姿を消したとの報が伝えられ、大奥はにわかに騒がしくなった。女中たちが倫子を捜し、そこかしこを駆け回るなか、荷車を押したお品が庭を横切っている。

そこに松島が立ちはだかった。

「!」

御寝所に入った家治は、誰もいない部屋を怪訝《けげん》そうに見回す。控えていた朝霧が平伏しおずおずと申し出る。

「申し訳ございませぬ。お捜ししたのですが、どこにもお姿が見えず……」

「……」


松島は荷車を指さし、お品に訊ねる。

「その中身はなんですか？」

「これは……傷んでしまった食材にございます。放っておくと臭いますので、今夜のうちに捨ててしまおうかと」

「なぜそなたが運んでいるのです？　仲居の仕事であろう」

お品が黙っていると、松島はいきなり荷車の上にかぶせていた蓋を開けた。中には古く傷んだ野菜が詰め込まれていた。

「……」

「だから言ったではございませぬか」とお品が松島に笑みを向ける。

これは一体、どういうことだ……？

余《よ》裕綽々《ゆうしゃくしゃく》だった松島の顔に、焦りの色が滲みはじめる。


中奥の廊下を、荷車を引いた貞之助が行く。中には倫子が隠れ、息を殺している。

お品には囮《おとり》になってもらい、協力者の貞之助に中奥から不浄門へと運んでもらおうと言い出したのは倫子だった。

かなり遠回りになるし、中奥で御台所であることがバレたら大騒ぎになるが、大奥を進むよりは安全だろう。

中奥の役人たちは、まさか御台所がこんなところにいるなど思いもよらないはずだ。

倫子の思惑通り、役人たちは荷車を気にも留めず、貞之助とすれ違っていく。

三の丸に入ると倫子は荷車から出た。

ここまで来ればもう大丈夫だ。

礼を言って貞之助と別れ、不浄門へと向かう。

門の前では信通が緊迫した表情で待っていた。倫子の姿を見て、その顔がゆるむ。

「倫子様……よかった……」

倫子はゆっくりと信通に近づいていく。

「さあ、早くこちらにお隠れください」と信通は用意した駕籠《かご》へとうながす。

しかし、目の前で向き合ったまま、倫子は動こうとしない。

「倫子様……？」

倫子は信通に言った。

「私は……京には戻りません。ここへはお別れを言いにまいりました」

「！……」

「私があんな文を書いたばかりにご心配をおかけしたと思います。ですが、どうかご安心ください。私はここで、生きてまいります」

「……しかし、ここでの暮らしは辛いことばかりであろう？　母君にも会えなくなってしまうのですよ？」

「……」

「それで誠に、よいのですか？」

「……その優しさは、姉上だけに差し上げてください」

「！」

倫子は袂から方位磁石を取り出し、信通に見せる。

「信通様にいただいた方位磁石は壊れてしまいました……。これは上様にいただいたものです」

「……」

「これを見たとき一番に思い出すのは、京にいるおたあさんでも信通様でもなく、上様のことばかりで……それが私の答えなのです」

信通は方位磁石から倫子へと視線を移す。倫子はしっかりと信通を見据え、言った。

「私は、ここに残ります」

「……」

「信通様のおかげで自分の道を自分で決めることができました。そのことが……たまらなく嬉しいのです。私はこの先何があろうと誰かのせいにすることなく、自分の足で歩んでまいれます。たとえそれが茨の道であろうと後悔はいたしません」

倫子の言葉に揺るがぬ強い意志を感じ、信通は切なく微笑んだ。

「承知しました。倫子様に、もう私は必要ないのですね」

あえて明るく倫子が答える。

「はい」

信通も笑顔でそれに応えた。

「……おたあさんを頼みます」

「はい……」

倫子が大奥へと戻ると、中庭に家治が佇んでいた。夜空を見上げ、星を眺めている。

「上様……」

倫子に気づき、家治が振り向く。

「遅かったな」

「どうして、こちらに……」

「そなたが来る気がしてな」

「……」

家治の前には青紫の花が咲いていた。思わず倫子は歩み寄る。

「いつの間に竜胆《りんどう》の花が……」

「そなたの母上のことを聞いて……植えてもらった」

「！」

「竜胆には病に勝つという意味が込められているからな」

「……なにゆえ、このような……」

「そなたの母は、わしにとっても大事な母であろう……夫婦だからな」

感情が込み上げ、倫子の瞳を濡らしていく。

「……泣いておるのか？」

「悲しいからではありません……悔しいのです」

「？……」

倫子は竜胆を見つめ、言った。

「こんなに優しいことをなさるお方が……心を捨てたなんて言わないでください」

「……」

堪えきれず、涙があふれる。

「私はずっと……辛かったのです。上様が他のおなごと過ごしている間、辛くて、悔しくて……妻は、私なのに……」

「……」

「どんな嫌がらせよりも、我慢なりませんでした」

倫子の思いを受け止めつつ、まだ家治の中には迷いがある。

「……しかし、わしと過ごせば……どんな地獄を見るかわからんぞ」

「かまいません。上様は『好きに生きろ』と言ってくださいました。私は……上様の妻として生きたいのです」

心からの言葉が家治の胸を打つ。

「この城で誰よりも寂しそうなあなた様を、幸せにしたい」

家治の顔から能面が剥がれ落ちた。

顔をゆがめ、倫子を強く抱きしめる。

その目は涙で濡れている。

怒りでも、悲しみでもなく泣いたのは、初めてだった。


「まさか、逃げなかったのか……」

ボソッとつぶやく田沼の前で、松島は怒りに身を震わせている。


がらんとした部屋で布団に横たわり、お知保が寂しさに胸を痛めている。

ひとりの夜がこんなに辛いのなら、いっそ上様の温もりなど知らずにいたほうがよかった……。


いっぽう、御寝所では倫子が家治に抱かれていた。

覆いかぶさってくるたくましい身体を感じながら、潤んだ瞳で家治を見つめる。

「上様……好きです」

「……宿直の者が聞いておるぞ」

「かまいません。好きです」

激情に身を任せるように、家治は倫子の唇を奪う。

唇から伝わる思いに、倫子の身体も熱くなっていく。

※

「上様のおな～り～」

鈴が鳴り、襖の鍵が開かれる。

御鈴廊下に足を踏み入れるや、家治は倫子の姿を探す。目が合うと優しく微笑んだ。

倫子も笑顔でそれに応える。

ふたりの目と目のやりとりを見て、松島が苛立つようにお知保をにらむ。

お知保は恐怖で身をすくませた。

家治の後ろを倫子が幸せそうに歩いていく。そんな倫子を見て、お品の顔にも笑みがこぼれる。

その後ろにお知保が続く。二、三歩進んだところで、ふいに眩暈《めまい》に襲われた。堪えきれず、よろめきながらその場に崩れる。

女中たちが騒然となるなか、家治が叫んだ。

「すぐに奥医者を呼べ！」

お知保は緋毛氈《ひもうせん》の上にうずくまり、苦しそうにえずいている。
その姿を見た松島がつぶやく。
「まさか……」
真の意味で倫子との夫婦生活がはじまった矢先の側室の懐妊――。
家治は困惑し、どう振る舞うべきなのかわからない。
運命は皮肉にもふたりを引き離そうとしていた……。

6

十か月後――。

大きなお腹を抱えたお知保が、大勢の御小姓を引き連れ廊下を歩いている。向こうから高岳、朝霧、夜霧がやってきた。

対峙《たいじ》する両者の間に火花が散る。

「通ります。おどきいただけますか？」

見せつけるようにお腹を撫で、お知保が言った。

顔をひきつらせながら、高岳は廊下の隅に身をずらす。朝霧と夜霧もあとに続く。目の前に開けた道を、お知保は堂々と歩いていく。

その後ろ姿を高岳たちが嫉妬に満ちた表情で見送っている。

長局では、いつものようにお玲、お平、昭島の三人が噂話に興じていた。

「もうすぐにございますねぇ。お知保様のご出産」と大福を手にお玲が切り出す。

「そうねぇ。これで若君、男児であれば将軍家はもう安泰」

そう言ってお平も大福をほおばる。「美味にございます〜」

「何をのんきなことを！」と昭島が首を横に振った。「世にも恐ろしい奪い合いの戦いはこれからです……」

「え？」

「奪い合い？」

「上様のお子は、ただの赤子ではないのですよ。言わば、天下を手中に収めるための武器なのです。この先、強欲にまみれた者たちが、何をしでかすか……」

ずっと大奥での女の戦いを見続けてきた昭島の言葉には説得力がある。

御台所、側室、総取締、御年寄……それぞれがそれぞれの欲と尊厳を懸《か》けての激しい戦いを想像し、三人は心を躍らせるのだった。

田安家の屋敷の一室、床についた宗武が激しく咳き込んでいる。そばに控えた定信が心配そうに具合をうかがう。

「父上……」

発作が治まり、宗武は息子へと目を向けた。

「……わしの身体のことはわしが一番わかっておる……。もう、長くはなかろう」

「何をおっしゃいますか……」

宗武は懐から短刀を取り出し、定信に差し出す。

「お前に譲る。父、吉宗公から受け継いだものだ」

「！」

「お前は誰がなんと言おうと、わしの息子だ。八代将軍吉宗公の孫であり、将軍家の血を引く跡継ぎだ」

受け取った短刀には三つ葉葵の紋が印されている。

「それを、あの田沼が……」

そうだ……あの男によって、私は徳川家から放り出され、この紋を身に着けることがかなわなくなった。

定信は手にした短刀を強く握りしめる。

「最後に、お前に頼みがある」

宗武は定信の顔を引き寄せ、耳もとで何かを告げた。

「……」

「必ず果たせ。お前は、こんなところに居てはならぬ」

定信は短刀に印された葵の紋をじっと見つめる。

お知保のお腹が膨らんでいくにつれ、倫子はふさぎがちになっていった。どうにかせねばとお品は思うのだが、これぱかりは解決策は一つしかない。

そして、それは自分がどうにかできることではないのだ。

「あれ？　また香りを変えたのですか？」

香を焚《た》いている御小姓のお梅《うめ》にお品が訊ねる。

「はい。町で人気の香りだそうで。心が安らぎ……」

お梅は声をひそめて続ける。「子を授かるのによいとか……」

「そう……」

お品はすかさず倫子のほうを見る。

浮かない顔でぼんやりしている倫子の手は、無意識のうちにお腹に置かれている。

「……」

朝の総触れに向かうべく御鈴廊下にお知保が入ってきた。高岳がチラと朝霧に視線を送る。阿吽《あうん》の呼吸で朝霧が、前を通り過ぎていくお知保の打掛の裾を踏んだ。

「！」

いきなりお知保が転倒し、奥女中たちは騒然となる。高岳がほくそ笑むなか、倫子が慌てて駆け寄った。

「大丈夫ですか!?」

お知保はうずくまったまま、不安そうにお腹に手を当てている。

「何があったのです？」

「誰かが、裾を……」

倫子は取り囲む女中たちを見回した。

「誰です!?　お知保殿のお腹にはお子がいるのですよ！」

遅れてやってきた松島が人垣の後ろで様子をうかがう。

朝霧がわざとらしく夜霧に言った。

「さすがは御台様。お優しいですわね～」

「私ならば恥ずかしくて表を歩けませぬ」

ふたりの会話を高岳が笑いながら聞いている。

いつの間にか自分の不妊にすり替えられ、屈辱と怒りで倫子は震える。そこにお品が割って入った。

「何が恥ずかしいのです？」と怒り顔で夜霧に詰め寄る。

「それは……」

「子を産もうが産むまいが、上様の妻は倫子様です！　現にお知保殿のところには身ごもられてからというもの一度もお訪ねがないではないですか。しょせんは……腹を貸し出されただけです！」

「お品！」

倫子が厳しい声でお品を制する。

哀しげな顔になるのを堪えるお知保を見て、倫子は言った。

「……もういい」

冷静さを取り戻し、お品もばつが悪そうに口を閉じた。

そこに家治がやってきた。

「なんの騒ぎだ？」

一同は慌てて平伏する。

「失礼つかまつりました」と松島が口を開いた。「お知保様が……夜霧殿の悪行により、お怪我をなさるところでして」

家治がじろりと夜霧を見る。

「いえ！　私では……」

慌てた夜霧がチラと朝霧を見る。

「失礼。朝霧殿の仕業でしたか」

動揺する朝霧を見て、家治が言った。

「松島、しかるべき処分を」

「はい」

「お待ちください！」と高岳が口を挟んだ。「朝霧がやったという証《あかし》は何も——」

しかし、すぐに松島にさえぎられる。

「上様のお子を授かられたお知保様に無礼を働くなど言語道断！　大奥法度にならい、朝霧殿には無期限の謹慎を申しつける」

「そんな……」

「皆もしかと心得よ」

松島は威圧するように女中たちをにらみつけた。

騒ぎが収まり、家治はお知保に優しく声をかける。

「大事ないか？」

お知保の顔が輝いた。

「はい。もうすぐ上様のお子に会えます」

「……そうか」

そんなふたりの様子を複雑な思いで倫子は見つめる。

家治の妻として生きると決めたのに、いまだ懐妊の兆しは見えず、倫子は否応のない劣等感に苛まれるのだった。

※

昼食の膳を前にした倫子に、お品が料理の説明をしている。子を授かる力になるとされるものばかりで、貞之助が特別に用意した献立だ。

説明を聞き終え、申し訳なさそうに倫子が言った。

「いつもすまないな……」

「いえ」

料理を口に運ぶ倫子に、お品がつけ加える。

「そちらは少し苦いかもしれません」

想像以上に苦く顔をしかめるも、倫子は我慢して食べ続ける。

その様子を見て、お品が言った。

「……あの、そんなにお子が欲しいのですか？」

「……不思議だな。ここに来た頃は、ただ自由になりたいとそればかり考えていたのに。今の私は上様と……家族をつくりたいのだ」

「……」

「愛する人の子を、この手で育てたい」

家治のことを思い浮かべていたのか、ふいに倫子の眼差しが優しくなる。

そんな倫子が切なくて、お品は泣きたくなってしまう。


夕刻、いつものように蔵の中でお品と貞之助が話をしている。

「あれだけ頑張られているのに、どうしてご懐妊の兆しが見えないのでしょう？」

「……もっとよい食材がないか探してみます」

「ありがとう存じます……」

倫子様があんなに苦しんでいるのに、私は何もしてあげられていない……。

己の無力さにお品はうつむいてしまう。

「心配なさるな」と貞之助が優しくその頬に触れる。「何かよい方法を見つけましょう」

「はい……」

荷物を背負った朝霧がため息をつきながら歩いている。謹慎のため、しばしの里帰りを命じられたのだ。

うなだれていた頭を上げると、向こうの蔵からお品が出てくるのが見えた。

こんな所で何をしているのだろう……？

いぶかりながら遠巻きに眺めていると、お品はそそくさと蔵から離れていく。ほどなくして、同じ蔵から男が出てきた。

「え……!?」


お梅を伴い倫子が廊下を歩いていると向こうからお知保がやってくるのが見えた。互いに意識し合うまま、その距離は近づいていく。

すれ違うとき、お知保はわざと何かを落とした。

「あ……」

「……」

お知保の身体を気遣い、倫子が落とし物を拾った。それは安産祈願の御守りだった。

「申し訳ございませぬ」

「いえ。御守りですか？」

平静を装い、倫子が訊ねる。

「はい。この子が無事に生まれてくるか、心配で心配で」とお知保は丸く膨らんだお腹を撫でる。「上様の大事なお子ですから」

もたげてくる嫉妬を倫子はどうにか抑えつける。

「ところで、まだこちらにいらっしゃったのですね」

「え？」

「この大奥は将軍家のお世継ぎをなすために設けられた場所。それゆえ先例によると、お子をなさぬ御正室はしかとご自分の立場をわきまえ、城の外れの二の丸に下られたと聞き及んでおりますゆえ」

「……私に、ここを去れと？」

「いえ、そのようなことは」

怒りで倫子は手にした御守りを握りしめる。

そのとき、「うっ」とお知保が苦痛に顔をしかめた。

「お知保殿!? どうされたのですか!?」

お知保は身悶えしながら、廊下に倒れ込む。倫子はお梅を振り向いた。

「すぐに奥医者を！」

「はい！」

身体を丸め、必死に痛みを堪えるお知保に倫子が声をかける。

「大丈夫ですか!?　生まれるのですか!?」

触れようとする倫子の手をお知保は払った。

「！」

「この子は私の子……上様に愛された証なのです……」

「……」


お知保が産気づいたという知らせは、即座に家治にもたらされた。さっそく部屋を訪れた田沼が、山村座の紋の入った扇子を仰ぎながら愉しげに言う。

「いよいよ、お生まれになるそうですな」

「……」

「我が子は可愛いですぞ。たとえ、どんな御血筋であろうと」

田沼をにらむ家治の顔の前で、「寶」の文字がひらひらと揺れる。

いっぽう、倫子は自室でその時を待っていた。

上様ご自身がおっしゃっていたように、世継ぎができることは徳川家の安泰、ひいては世に安寧《あんねい》をもたらす喜ばしいことだ。大奥での無用な争いもなくなるかもしれない。

何より、あの上様のお子なのだ。きっと聡明で優しいお子であろう。

早く会いたいと素直に思う。

しかし……。

なぜ、その子の母が私ではないのだ……？

倫子はどうしてもその思いを頭から拭えない。

複雑な思いに囚《とら》われながら、返しそびれた安産祈願の御守りを握りしめる。


「ああぁぁぁ！」

部屋中に響き渡る悲鳴をあげ、汗だくになりながら、お知保が必死にいきんでいる。

股の間に顔を寄せる産婆に、駆けつけた松島が叫ぶ。

「まだなのか⁉」

「頭が見えております。あと少しです！　おいきみなされ！」

歯を食いしばり、激しく首を振りながらお知保はいきむ。

松島は両手を握り、祈るようにつぶやき続ける。

「若君じゃ……若君じゃ……若君じゃ……」

その時は唐突に訪れた。

「あああぁぁぁぁ!!」

お知保が絶叫した次の瞬間、うめき声とはまるで違う甲高い声が響き渡った。

「おぎゃあ！　おぎゃあ！　おぎゃあ！」

赤ん坊の産声だ。

その手に濡れた赤子を抱いた産婆に、ものすごい形相で松島が迫る。

「若君か!?　姫君か!?」

息も絶え絶えのなか、固唾を呑んでお知保も産婆の答えを待つ。

「若君にございます！」

産婆の声を聞き、お知保の中に万感の思いがあふれ出す。

「まことか!?　ようやった！　お世継ぎじゃ！」

松島の叫びを聞きながら、お知保の目から滂沱《ぼうだ》のごとく喜びの涙が流れていく。

「男児……」

世継ぎ誕生の報告に走った幕臣が、平伏しながら家治を祝福する。

「誠におめでとう存じ奉ります！」

これでひとまず、様々《さまざま》なことが落ち着くであろう。

喜ぶべきことではあるが……。

家治の脳裏に浮かんでいるのは倫子の顔だ。

「……」

複雑な表情で家治は幕臣にうなずいた。


割れた花器の破片が散らばった部屋で、高岳が息を荒げている。

「おのれ男児とは……。このままでは我らは終わりだ！」

怒りに任せて暴れ回った高岳をどうにか落ち着かせたものの、夜霧にとっても悲報には変わりない。

暗い気持ちで部屋を片づけはじめたとき、「高岳様！」と朝霧が飛び込んできた。

「急ぎ、ご報告がございます」

「なんじゃ!?　そなたは謹慎が解けるまで故郷に帰ったのではなかったのか?」

「それが……とんでもないものを見てしまいまして」

「？……」

怪訝な顔の高岳に、朝霧は一気呵成《いっきかせい》に話しはじめる。

※

門の脇に立つ猿吉のところにお品がやってきた。猿吉は用意していた書物を渡す。

「『源氏物語』、買ってまいりました」

「ありがとう」

受け取り、お品は大事そうに胸に抱く。

「その書物、禁断の恋に悩むおなごたちがたーくさん出てくるそうですね」

嫌な顔になるお品に、猿吉が小声で訊ねる。

「今も葉山殿とは、こそこそ会っているのですか？」

「！……」

「ご自分が何をなさっているのかおわかりですか？　もし、こんなことが知れれば……」

心配する猿吉を、「会ってなどいませんよ」と誤魔化し、「これ、ありがとう」とお品はそそくさと去っていく。

御目見得以上の奥女中は恋愛御法度。もし、その禁を破ればいかなる重い処分が下されるのかわからない。

小さくなっていくお品の背中を見送りながら、猿吉は嫌な予感がしてならなかった。


その夜、長らく患《わずら》っていた宗武が静かに息を引き取った。

父の亡骸に手を合わせ、定信はゆっくりと目を開いた。譲り受けた短刀を懐から出し、じっと見つめる。

父上の想いは、必ずや果たしますぞ……。


御寝所で倫子が待っていると、御坊主の声と同時に襖が開いた。布団の脇で平伏し、倫子は家治に祝いの言葉を述べる。

「此度は誠におめでとう存じます」

家治は黙ったまま、隣に腰を下ろす。平静を装い、倫子が訊ねる。

「さぞかし可愛い若君にございましょう」

「……会いになど、行っておらぬ」

まさかの言葉に倫子は驚く。

「どうして……」

「子など欲しくはない。わしは……」

言い訳をするように倫子を振り向き、家治はハッとした。ひどく傷ついたような顔をしていたのだ。

「……私に……気を遣われているのですか？」

怒りの滲んだ声で倫子が訊ねる。

「……」

「だとしたら、そんな優しさは無用です！　余計に……惨めになるだけです！」

「……御台」

「今すぐ会いに行って差し上げてください……。お知保殿は、命懸けであなた様のお子を産んだのですよ」

「……」

部屋で横になりながら、お知保はひとり寂しく隣で眠る赤子を見つめていた。

上様と一緒に世継ぎの誕生を喜びたかったが、ここに訪ねてくることもお呼びがかかることもなかった。

自分に投げつけられたお品の言葉が耳の奥によみがえってくる。

『しょせんは……腹を貸し出されただけです！』

募ってくる虚しい思いを振り払うように、柔らかな赤子の頬に触れる。

「大丈夫よ。父上の分も私がそなたを愛するから……」

ふと、近づいてくる誰かの足音を感じた。顔を上げ、お知保は驚きで目を見開く。

「上様……」

慌てて身を起こそうとしたお知保を、家治が手で制する。

「かまうな」

ふたりのほうへと歩み寄り、家治は寝ている赤子をじっと見つめる。

信じられぬほど小さいが、たしかな命がそこにあった。

言葉にはできない感情が胸の内に膨れ上がってくる。

家治は、赤子に寄り添うお知保へと視線を移した。

しっかりと顔を見たのは久しぶりだ。

優しく、そして強い眼差しはどこか亡き母に似ている気がする。それとも母親というのは皆、このような目になるのだろうか。

「よく頑張ってくれたな……。礼を申す」

お知保の目から涙があふれ、頬をつたっていく。

部屋に戻った倫子は行灯《あんどん》に火を入れることもせず、暗がりの中にぼんやりと座ってい
た。落ちていた安産祈願の御守りをふと手に取ると、虚しさと悔しさが込み上げてくる。

「どうして私は……母になれない……」

御守りを握りしめ、倫子は涙した。

お知保殿が恨《うら》めしい……。

初めて、そう思った。


同じように暗がりの中で、松島は煙管を吹かしていた。

込み上げてくる笑いを抑えられず、口からあふれ出す。

闇の中、この世のすべてを手に入れたような松島の高笑いが響いていく。

翌朝、中庭に面した外廊下を浮かない顔の倫子が歩いている。付き添っているお品が、
倫子の気分をどうにか上げようと提案した。

「今日は陽射しが気持ちいいです。気晴らしにお散歩でもしましょう」

「……そうだな」

と、向かいの廊下から若いおなごのはしゃぐような声が聞こえてきた。

「可愛い～」

赤子を抱いたお知保が、御小姓たちに囲まれている。

「誠に可愛らしいですね」

「そうでしょう」とお知保が微笑む。「凛としたお顔が上様にそっくりなの」

「はい」

幸せそうなお知保の顔が見ていられず、倫子は踵を返して部屋へと戻っていく。

「倫子様……」

お品はにらむようにお知保へと視線を移す。

赤子を抱いたお知保は、今まで見たことがない柔らかな表情をしていた。

あんな顔もできるんだ……。

その頃、家治の部屋には松島が訪れていた。

「此度は若君の御誕生、誠にお慶び申し上げます。つきましては、そのことでご提案したき儀がございます」

また何か小賢しいことを企んでいるのだろう。

警戒しつつ、家治が訊ねる。

「……なんだ？」

「若君には、こちらの御幼名《ごようみょう》はいかがでしょうか」

そう言って、松島は一枚の紙を差し出す。

『竹千代』――。

書かれていた名は己の幼名だった。

「……」

「神君家康公や上様と同じ御幼名であれば、将軍家のお世継ぎであることをあまねく知らしめることができます。さすればこの先、無用な争いはなくなり、この城に平穏が訪れましょう」

「……まだ世継ぎとは決めておらぬ」

まさかの言葉に、松島は驚く。

「なにゆえでございますか？」

気まずそうに口を結ぶ家治を見て、松島は察した。

「もしや、御台様にお気を遣われて？」

「……」

「恐れながら、御台様が嫁がれて久しく、これだけ長い間お子ができぬということは……」

「しかし」と家治がさえぎった。「御台は子を望んでおる」

「されど、生まれたところで公家の子にございます」

「……」

「それにおなごはお子ができぬ間、まだかまだかと待ちわびて苦しみ続けるのです。私はそうした者たちを、この目で星の数ほど見てまいりました」

「……」

「ときにはあきらめるきっかけをお与えになることも、必要な務めかと存じます」

松島の言うことにも一理ある。

しかし……。

松島が去ると、家治は木刀を手に部屋を出た。

一心不乱に素振りをしながら、己がなすべきことを考え続ける。

首筋にうっすら汗を滲ませた家治が木刀を手に廊下を戻っていると膳を運ぶお品が向こうからやってきた。

「上様……！」

気づいたお品が慌てて平伏する。

すれ違いざま膳に目をやった家治が訊ねた。

「その御膳、御台にか？」

「はい……」

「あまり見かけぬ料理だな」

「……お子を授かるのによいとされる食材を使っております」

「……」

「御食事だけではございません。もっと丈夫な身体にならねばと必死に精進されていらっしゃいます。神仏へのお祈りも毎日欠かさずに、幾度も……」

膳を見つめながら、家治は倫子の苦悩を推し量る。

自分のなすべきことがわかったような気がした。

※

朝の総触れのため御座之間に奥女中たちが居並んでいる。上座についた倫子の隣に遅れてきたお知保が座る。

堂々としたその姿を最後方からうかがい、お平とお玲がささやき合う。

「御台様と同格の扱い……」

「さすがは御部屋様《おへやさま》ですね」

昭島が悔しそうにお腹を撫でた。

「私も十分腹は出ているというに……」

ツッコんでいいのかわからず、お平とお玲は口をつぐむ。

いっぽう、高岳と夜霧はチラチラとお品をうかがっている。視線を感じ、お品が振り向くとふたりは慌てて目を逸らす。

「?……」

「上様のおなりにございます」

家治が入室し、女中たちは静まり返る。

着座するや、家治はおもむろに口を開いた。

「今日は皆に報告がある」

そこに赤子を抱いた松島が入ってきた。座敷が一気に華やぎ、騒がしくなる。

「なんとまあ」

「愛くるしい」

女中たちがざわめくなか、お知保は誇らしげに笑みをたたえ、反対に倫子はうつむいてしまう。

赤子から女中たちへと視線を戻し、家治が言った。

「先日生まれたわしの嫡男《ちゃくなん》の名だが……竹千代とする」

倫子は思わず顔を上げた。

お知保は家治を見つめ、感極まっている。

「上様……」

松島が誇らしげに微笑むいっぽうで、女中たちはざわつきはじめる。

「上様と同じ御幼名……」

ささやくお平に昭島が返す。

「これでお知保の方様のお子が、お世継ぎと決まったようなものです」

高岳は嫉妬と憎しみのこもった目で、松島をにらみつけている。

お品は心配そうに倫子をうかがう。

倫子は膝に置いた両の拳を強く握りしめ、必死に涙を堪えている。

女たちの思惑が錯綜《さくそう》するなか、家治はただ遠い目をしている。


庭に咲く竜胆の花を倫子が見つめている。

そこに家治がやってきた。

「また今年も、美しく咲きましたね」

青紫の花に目をやったまま、倫子が言った。

「……ああ」

「母のために上様が植えてくださった花ですが……私はもう……母のようにはなれないのでしょうか」

「……」

「……お知保殿のお子をお世継ぎにお決めになったということは、私は……子をなすことはないと……見限られたということでしょうか」

「御台、聞いてくれ」

振り向く倫子を見据え、家治が語りはじめる。

「人には役割がある。無理にそなたまで子を産む必要はない。いつ叶うかもわからぬものを求め続ければ……そなたも辛かろう」

「私はそれでも母になりたいのです。この手で上様のお子を抱きたい……。幸せな家族を築きたいのです」

「それはつまり……わしの妻というだけでは満足できぬということか？」

「……え？」

「子がおらねば、わしとは幸せな家族を築けぬのか？」

「！……」

「御台……」

切なげな顔で見つめられ、倫子は言葉を失った。

家治は背を向け、去っていく。

「……」

中奥のいつもの部屋で田沼と松島が酒を飲んでいる。

「こうしてそなたと杯を交わすのは何度目かのぉ」

「さあ」

「かつて誓ったものじゃ。表の実権をわしが握り、裏の実権をそなたが。そしてともに幕府を手中に収め、この世の天下を取ろうと。……そのために、あらゆる泥水をすすってきたものだ」

持って回った言い回しに松島が苛立つ。

「何が言いたいのです？」

田沼の目つきが変わった。

「若君命名の件、なにゆえわしを通さず決めた？　上様に直接ものを申すなど、おなごのそなたがすることではない。身の程をわきまえよ！」

田沼の恫喝も松島はどこ吹く風だ。

「おい、聞いておるのか？」

ねめつけるように田沼を見上げ、松島は言った。

「……そうした人を見下した態度、前々から忌み嫌っておりました」

「なに……？」

「この金屏風も誠に悪趣味」と遊女たちが描かれた屏風を見やり、眉間にしわを寄せる。

「せっかくの酒がまずくなりまする」

「……」

「大奥総取締となり、お世継ぎも生まれた今、これからは私の好きなようにさせていただきます。そなたの指図は金輪際、受けるつもりはございませぬ」

「まさかその方……政にまで口を挟むつもりか?」

「そんなことに興味はございませぬ」と松島は笑った。「私はただ、そなたはもう用済みだと申しておるのです」

「！……」

杯を手にし、松島は続ける。

「そなたと飲むこの酒こそが……」と杯を干し、まずそうに顔をゆがめた。

「泥水にございました」

怒りで顔を朱に染める田沼に涼しい顔で頭を下げ、松島は部屋を出ていった。

「……」


倫子は、昨日からずっと家治の言葉について考え続けていた。

自分が上様の子をなすことがふたりの幸せだと思い込んでいたが、上様はそうは考えておられなかった。

ただ私のことだけを想ってくれていたのだ……。

考えに沈む倫子の脇で、お梅が香を焚こうとしている。今までとは違う種類のお香だったので、「あれ？」とお品が声をかけた。

「また香りを変えるのですか？」

「はい。こちらもいい香りですので」

「……そう」

細く長い煙をたなびかせはじめた香を、お品は不審の眼差しで見つめる。

その日、蔵にやってきた貞之助にお品はある頼みごとをした。お梅がいつも焚いている香を調べてもらおうと思ったのだ。

「半年ほど前から倫子様に付いている御小姓が、よくお香を焚いていて。なんだか少し気になって……」

「わかりました」と貞之助は香を受け取った。「念のため調べてみます」

「ありがとう存じます」

「その後、御台様のご様子は？」

「……いまだにご懐妊の兆しは……」とお品は顔を曇らせる。

「そうですか……」

「……子を持つというのは、そんなに幸せなことなのでしょうか？」

「？」

「お知保殿があんな風に笑うお姿を初めて見て……」

お子ができ、たしかにお知保殿は変わられた。

きつかった目つきが柔らかくなり、優しく笑われるようになったのだ。

「私はずっと倫子様にお仕えすることだけを考えてきたので……誰かの妻になることも、母になることも想像すらできなくて……」

貞之助は優しく微笑み、言った。

「御台様思いのお品殿も素敵ですが、もう少し自分の幸せを願ってみてもよいかもしれませんね」

「自分の……幸せ？」

「はい」

貞之助はお品の手を引き、そっと抱き寄せた。

たくましい腕の中に身を預け、お品は貞之助を見上げる。

「……でしたら、このひとときが一番幸せにございます」

窓から差し込む夕陽がふたりを赤く照らしている。

見つめ合うふたりの顔がゆっくりと近づく。

影が重なり合い、一つになる。

そんなふたりを物陰から見ている者がいる。

夜霧だ。

決定的瞬間を目撃した夜霧は、忍び足で蔵を出るや高岳のもとへと走った。


「口吸い!?」

平伏した夜霧が高岳に報告している。

「はい。たしかにこの目で……見てまいりました!」

「なんとまあ……」

「朝霧殿の言っていたことはまことだったのです。お品殿は上様以外の殿方と……」

「許すまじき所業……大奥法度違反じゃ! お品殿には厳しい処分が下されよう」

「……どうされますか? 松島様にご報告されますか?」

高岳は答えず、思案する。

一介の奥女中とはいえ、お品は御台所の懐刀ともいえる存在。

さて、この秘め事をいかにうまく使おうか……。

中奥の一室でひとり酒を飲みながら、田沼は十五年前のことを思い返していた。

あの日、竹千代君の教育係だった松島が、まだ単なる幕臣のひとりであった自分を訪ねてきたときから、ふたりの共犯関係がはじまったのだ。

用向きを訊ねると、松島は言った。

「お幸の方様が亡くなられ、私には新たな後ろ盾が必要にございます。そこで田沼殿のお力を賜《たまわ》りたいのです」

「……なにゆえわしに？」

「田沼殿はいずれ、幕府の要になられるお方とお見受けしております。しかし、ただ一つ足りておられるぬものは、大奥からの人望」

意外な指摘に田沼は興味を覚える。

「幕府の人事には大奥のおなごたちの意向が強く反映されることはご承知のはず。そこで私と手を組んでいただきたいのです。表と裏でそれぞれが互いを引き上げることで、いずれこの城を手中に収めることも叶いましょう」

「……そなた、何がしたい？」

「私はここに来て、あらゆるものを失いました。それゆえ決めたのです。必ず大奥の頂に立ち、すべての者を見返すと」

「大奥の頂に？　そなたが？」

あまりの壮言大語《そうげんたいご》に田沼は思わず笑ってしまう。

しかし、松島は真顔を崩さず、おもむろに帯を解きはじめた。戸惑う田沼に、開いた襟もとを覗かせる。そこには醜い火傷の痕があった。

「！……」

「おなごを使わずとも、この身一つで」

松島の断固たる意志を感じ、田沼はその申し出を受けたのだ。

それから表と裏の情報を共有し、ふたりで共闘しながら、どうにかここまで上り詰めた。それを今さらの手のひら返し……。

「さては、あのときから……」

怒りが込み上げ、田沼は歪台をひっくり返す。

「わしを踏み台にしようったな……」

腕の中のこの小さな命が大奥での私の地位を盤石《ばんじゃく》にする。

竹千代をあやしながら松島は万感の思いでつぶやく。

「ようやく手に入れた……ようやく……」

私をいじめ、苛んだすべての大奥の女どもよ！

私はついに頂に手をかけたぞ。


荒れる気持ちをどうにか納め、田沼は覚悟を決めた。

「こうなれば……今に見ておれ」

※

何度も強く握ったせいでよれよれになった安産祈願の御守りを倫子がじっと見つめている。そこにお品がやってきた。

「倫子様」

手には菓子の箱を持っている。

「賢丸……松平定信様からお届けものにございます」

「賢丸から……」

倫子にうながされ、お品が蓋を開けると中には饅頭が入っていた。

「どうして、このような……」

「おそらく、本当のお届けものは……」とお品は中箱を持ち上げる。下には一通の文が隠されていた。

「！」

お品は頭を下げ、部屋を辞す。

ひとりになると倫子はさっそく文を読みはじめた。

『倫子殿。突然このような文をお送りし、御無礼をお許しください。お世継ぎのこと、聞きました。お辛い思いをされてはいませんか？』

流れるような綺麗な文字から優しい声音が聞こえてくる。

『人は誰しも欲を持つものです。欲を持つ以上、誰かを羨《うらや》み、妬むこともございましょう。お優しい倫子殿のことです。そんなご自身を卑《いや》しく思い、余計に苦しまれてはいませんか？』

この人はどうして私の気持ちがわかるのだろう。

倫子の中に熱いものが込み上げてくる。

『でもどうか、これだけは忘れずにいてください。倫子殿は今のままでこの上なく素敵な女性です。昔馴染みの私が保証いたします』
「……」
『いつの日かまた、お会いできる日を願って』
倫子は微笑みを浮かべ、文を胸に抱きしめた。

安産祈願の御守りを手に倫子は部屋を出た。お知保の部屋へと廊下を進む。

「お待ちください！　松島様！」

悲鳴のようなお知保の叫び声に、何事かと倫子は前をうかがう。

竹千代を抱えた松島がこちらに向かって早足で歩いてくる。その後ろからお知保が必死に追いすがる。

「竹千代をお返しください！　お願い申し上げます！」

「御部屋様といえども大奥のしきたりには従っていただきます。お世継ぎは乳母や養育係の手で育てるものと定められております」

「されど竹千代君は私が腹を痛めて産んだ子です！　私の手で育てさせてください。何とぞお願い申し上げます！」

悲痛な母の訴えに反応したのか、赤子が泣きだした。

放ってはおけぬと倫子が歩み寄る。警戒し、松島が先に倫子に声をかける。

「いかがなされましたか？」

倫子は応えず、泣き続ける竹千代を見つめる。

世が貧しいせいで、子供の数が減っている。だから、この国をもっと豊かにしていきたいのだ——家治の思いが倫子の腑に落ちていく。

「……」

いつの間にか竹千代は泣き止んでいた。もみじのような小さな手を倫子のほうへと必死に伸ばす。

戸惑いながら、倫子はその手を握った。竹千代が嬉しそうに笑う。

その純真で無垢な笑顔に、倫子の胸が熱くなる。

「すまなかった……」

赤子に謝る倫子を怪訝そうにお知保が見る。

「そなたはこんなにも可愛いというのに……」

倫子は竹千代を愛おしく見つめ、その顔の横に安産祈願の御守りを添えた。

「元気に育つのですよ」

慈母のような倫子を前に子を巡って争うことなどできず、お知保も松島も押し黙った。

ひとり中庭に佇み、家治が竜胆の花を眺めている。そこに倫子がやってきた。

「上様……」

振り向く家治に倫子は頭を下げた。

「……申し訳ございませんでした」

「……」

「私はいつの間にか自分の子を持つことに意固地になって……お知保殿のことを妬んで
……そんな自分が嫌で、ますます焦って……」

懸命に心の内を言葉にしようとする倫子を、家治は優しく見守る。

「ひとりのおなごとしては、今も変わらずお子が欲しいです。母になりたいです。それが、正直な気持ちです」

「……」

「ですが私は、ただのおなごではありません。上様の妻にございます」

「……」

「あなた様が天下人として、この国の子供たちの幸せを願うように……私も、その妻として同じ思いでありたいと存じます。竹千代君を見て、気づかされました……。あんなにも愛おしくて……子供は皆、誰の子であろうとこの国の宝です」

「御台……」

「それに……子をなすことを目的とするこの大奥で、心から愛する方に出会えた私は、この上ない果報者《かほうもの》にございます」

想いを伝え、倫子は家治を愛しく見つめる。

家治は倫子の身体を引き寄せ、強く抱きしめた。

腕の中に包まれ、いま倫子は確かな愛を感じている。

※

周囲をうかがい、お梅が香炉の蓋を開ける。中の香を取り出し、手にした香と入れ替えたとき、勢いよく襖が開いた。

「何をしているのです?」

「!」

険しい顔で、お品がお梅に迫る。

「やはりそなたが……」

貞之助の調査の結果、お梅が部屋で焚いていた香には子をできにくくする薬草が使われていたことが判明した。

倫子に懐妊の兆しが見えないのはこれが原因ではないかと貞之助はお品に告げた。

証拠をつかむためにお品はわざとお梅を部屋にひとりにし、隣室に隠れて様子をうかがっていたのだ。

「なぜこんなことを!?　何が目的です!?」

焦ったお梅は香をつかみ、逃げ出そうとする。

「待て！」とお品がお梅の背中に体当たり。ふたりはもつれるように畳に倒れる。

「誰に頼まれたのですか!?」

上から押さえつけようとするお品に、お梅が必死に抵抗する。激しい揉み合いの末、お梅はお品を突き飛ばし、部屋から逃げ出した。

ふたりで竜胆を見つめながら、幸せそうな顔で倫子が言った。

「来年も再来年も、またこうしてふたりで眺めたいですね」

「そうだな」と家治がうなずく。

そのとき――。

ふいに心の臓に刺すような痛みが走った。倫子は左胸を押さえ、うずくまる。

「御台!?　どうした!?　御台!?」


中奥の一室で田沼が誰かと話している。

「急にお呼び立てして、申し訳ありませぬ」

「いえ……」

「竹千代君の養育係の件、お聞き及びかと」

「はい……。松島殿がお務めになるとか……」

「権力を振りかざすとは、まさにこのこと。あのような振る舞いが続けば、大奥の秩序は保たれませぬ」

「……」

「そこで、松島殿に代わる新たな大奥総取締役を上様にご進言したいと考えております」

「それは……」

「某と手を組みませぬか?　高岳殿」

降って湧いたような好機に、高岳の顔に笑みが広がっていく。

お品の追跡をどうにか逃れ、城を抜け出したお梅は、隠密との密会に使っている寂れた寺へと入っていく。境内の奥にある小さな社の前に立ち、小声で告げる。

「申し訳ございませぬ。悟られてしまいました……」

「それは残念だ」

声に驚き、お梅が振り向く。

やってきたのは定信だ。

「父上との約束が、あるというのに」

父、宗武は息を引きとる間際、我に耳もとで告げた。

「家治の血筋は根絶やしにしろ。そしてお前があの城の頂に立つのだ。賢丸」

幼き頃の名を呼ばれ、父が本当に自分を思っていてくれたのだと知った。

だからこそ、父との約束は是が非でも果たさねばならない。

定信はお梅から香を奪い、それを見つめる。

「倫子殿の悲しむ顔だけは見たくないのだがな……」

意識が朦朧となる倫子を抱え、家治が御小姓に叫ぶ。

「奥医師を！　急げ！」

「はい！」

一匹のトンボがすーっと倫子の前を飛んでいく。

「どうか……どうか命だけは……」

目の前に土下座し、必死に命乞いするお梅を定信は冷めた目で見下ろす。

その目に映っているのはもはや人ではない。羽をむしられたトンボのような、役立たずの虫けらにすぎない。

定信はふと昔のことを思い出す。

そう言えば、倫子殿のためにトンボを捕ってあげたことがあったな。

逃げられぬように羽をむしっておいたら、倫子殿は不思議なことを言った。

「……こんなこと、やめて！　可哀想でしょ。賢丸！」と。

なぜ可哀想なのだ？

捕らわれたトンボに羽など必要ないではないか。

定信が目でうながすや、隠密は背後からお梅を刺し貫いた。

地べたに崩れ落ち、絶命したお梅の周りを流れ出た血が赤く濡らす。

「片づけておけ」

不敵な笑みを浮かべ、定信は去っていく。

「御台！」

薄れゆく意識のなか、倫子が最後に目にしたのは、飛び去っていくトンボの姿だった。

上様……。

CAST

五十宮 倫子 ………………… 小芝風花
徳川家治………………… 亀梨和也
お品………………… 西野七瀬
お知保………………… 森川 葵
松平定信………………… 宮舘涼太

／

徳川家重………………… 高橋克典
田安宗武………………… 陣内孝則（特別出演）

・

松島の局………………… 栗山千明
田沼意次………………… 安田 顕

他

■ TV STAFF

脚本：大北はるか

音楽：桶狭間ありさ

企画：安永英樹

プロデュース：和佐野健一　清家優輝　出井龍之介　庄島智之

演出：兼﨑涼介　林 徹　二宮 崇　柏木宏紀

制作協力：ファインエンターテイメント

制作著作：フジテレビジョン　東映

■ BOOK STAFF

ノベライズ：蒔田陽平

ブックデザイン：村岡明菜（扶桑社）

校閲：東京出版サービスセンター

DTP：明昌堂

大奥（上）

発行日　2024年2月27日　初版第1刷発行

脚　　本　大北はるか
ノベライズ　蒔田陽平

発 行 者　小池英彦
発 行 所　株式会社 扶桑社
〒105-8070 東京都港区芝浦1-1-1 浜松町ビルディング
電話　03-6368-8870（編集）
03-6368-8891（郵便室）
www.fusosha.co.jp
企画協力　株式会社フジテレビジョン
製本・印刷　中央精版印刷株式会社

ISBN 978-4-594-09661-8